十年屋

③

廖雯雯 译

[日]广岛玲子 著

[日]佐竹美保 绘

三环出版社

SANHUAN PUBLISHING HOUSE

·海口·

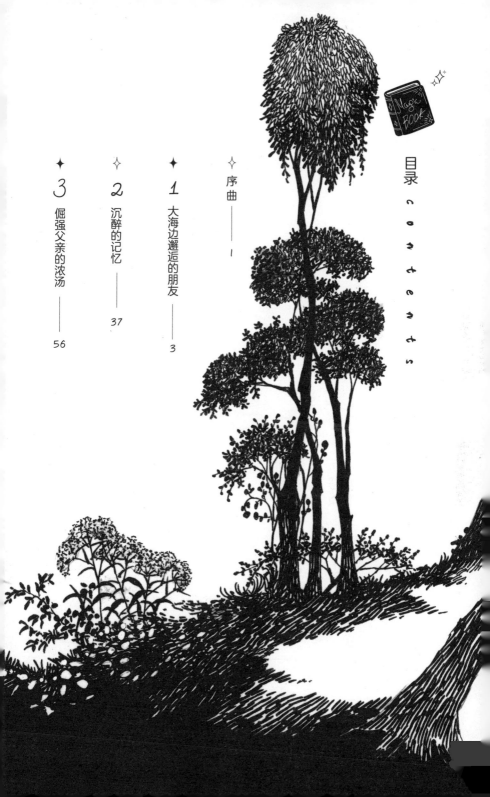

目录 c o n t e n t s

序曲

　　那些无比惹人爱怜的旧物，即便坏掉，您也不舍得丢弃。

　　它们储藏着满满的回忆，为此，您希望找个地方，将之小心翼翼地保存。

　　意义深远的旧物、想要守护的旧物，以及渴望疏远的旧物。

　　倘若您的手边有这样的旧物，请来"十年屋"吧。

　　不妨将它们与您的思念一道，交由我保存。

1

大海边邂逅的朋友

在滨海小镇约歌，若论最盛大的庆典活动，当数一年一度的海神祭。庆典为期三日，其间的小镇热闹非凡，街上处处可见贩卖各种美食的小摊、演奏的乐队，以及马戏团的帐篷。毫无疑问，孩子们总是打心底期盼着这场庆典。

八岁的妮琦也不例外。

海神祭的第一天清晨，妮琦一口气奔下通往海滨的坡道，挎包里装着一块大大的裸麦面包，是献给海神卡尔歌大人的供品。按照当地习俗，大家需在庆典第一日将供品敬献给海神。

原本，妮琦应该与母亲、弟弟一道前来，可她出门时，母亲仍在为弟弟的出行做各种准备，她便先一步离家，只盼尽快将面包献给海神，而后赶去镇上参加庆典。若她猜得没错，今年也与往年一样，能够光顾贩卖"雪丽可"的小摊。

这道名为雪丽可的甜点，是在面坯里注满奶油，外层涂上闪闪发亮的砂糖，每年只在海神祭期间有机会品尝。它那贝壳般精巧的形状，让妮琦一见倾心。

此时此刻，妮琦心心念念的都是雪丽可，脑海中完全容纳不下其他事物。

今天，她打算买很多很多雪丽可。一年来，为了在这天尽情品尝雪丽可，她好不容易才攒到足够的零花钱。

妮琦来到海边，只见海面风平浪静，泛着湛蓝的粼粼波光，昭示出海神大人的好心情。洁白的沙滩上，镇上的居民三三两两聚在一块儿，纷纷往海里扔着面包。

妮琦铆足了劲，将面包扔进大海。沉实的裸麦面包慢慢没入海中，或许不久之后，便会被鱼儿们运送至海神大人的宫殿。

"为报答海神大人的守护之恩，特此敬献微不足道的面包。请海神大人笑纳，从今往后也请继续庇佑我们，赐予我们大海的恩泽。"

飞快地念完祈祷词，妮琦便打算赶去镇上。她得赶在雪丽可卖光前把它抢到手。除此之外，她还想品尝涂满奶油的草莓、口感 Q 弹的烤热肠，再观看一场有意思的木偶戏。

然而，就在她准备离开海滩的时候，忽然发现一个奇异的小玩意儿。

她不知道那是什么东西，看起来仿佛一颗浑圆的透明珠子，随着翻涌的浪花来到海边。

"它究竟是什么呀？"

妮琦忍不住好奇，不由得上前拾起它。

凑近一瞧，果然是一颗刚好握在手心的圆圆的水珠，玻璃般剔透澄澈。

最奇妙的是，水珠里寄宿着一只状似海马的动物，通体呈现醒目的群青色。它正缓缓摇晃着银色的背鳍，在珠子里悠闲地游来游去。

妮琦激动得心跳加速，今天竟然拾到这么神奇的玩意儿。一时间，她开心极了，将心心念念的雪丽可也抛至脑后。

她打算将水珠带回家，却猛地回过神来。因为她想起了海神祭的惯例。

海神祭期间，任何人不得私自捕捞海产或捡拾来自大海的东西。鱼虾、海蟹等自不用说，便是连海中的小石头或贝壳也不可以。据说一旦打破这条惯例，海神大人便会降下惩罚，整个小镇都会遭遇灭顶之灾。

无论是这颗水珠，还是里面的小动物，都是妮琦在海边发现的。也就是说，它们属于大海。倘若妮琦将它们带回家，就是打破海神祭的惯例。

妮琦叹了口气，刚要将水珠放在沙滩上，里面的小动物却飞快地朝她看来。仿佛被一道惹人怜惜的目光注视着，妮琦顿觉心口一紧。

唉，她舍不得。这么可爱的小东西，她一点也不想放它在沙滩上孤零零的。倘若就这么将它留在这里，它或许会被阳光晒死。嗯，就当是为了拯救这只小小的生物吧。

妮琦胡乱为自己找了个借口，将水珠放进挎包里。所幸四周无人瞧见她的举动，她也得以顺利回到家中。

刚到家，却见母亲带着弟弟库库，正准备出门前往镇上。

"咦，妮琦，这就回来啦？还以为你一定会直接去镇上参加庆典呢。"

"唔……嗯,我有件东西落在家里了。"

"那你和我们一块儿出门吗?"

"不用了,你们先去吧。我还有点别的事。"

"是吗?"

"妈妈!你们快走吧!"

"好好好。妮琦,一会儿记得过来找我们,离家时要把门锁上哟。"

"拜拜,姐姐。"

"嗯,路上注意安全。"

目送母亲与弟弟离开,妮琦迅速跑进自己的房间,拿出挎包中的水珠。水珠触感冰凉湿润,妮琦感觉,它并不是用水晶或玻璃制造的,而是真真正正由海水凝结而成的。

妮琦注视着水珠中的生物。

"对不起。这一路颠簸得很厉害吧?感觉哪里不舒服吗?"

听闻此言,这只小生物竟精神抖擞地翻了个筋斗,而后不停地东张西望,似乎对人类小孩的房间甚为好奇。

妮琦捧着水珠，带着它"参观"自己的房间。

"这是吊床，平日里我便在这里睡觉。"

"这是叔父寄来的信件。"

"这是我用鱼骨做成的钓鱼钩。"

妮琦如数家珍般介绍着。

这只群青色的小生物仿佛对烛火特别感兴趣。乍一看见那簇火苗，它好似受到惊吓，而后便目不转睛地盯着，怔怔地出起神来。妮琦心想，或许这与海洋生物极少见到火焰有关。

"你真的很可爱呀！不如一直待在我身边吧。"

妮琦为这只小生物取名"兹姆"，她现在一点儿也不打算将它放归大海。这是独属于她的朋友，是她心中的秘密。从今往后，这个身材娇小的朋友将悄然寄居在自己的房间里，一想到此，妮琦便兴奋不已。

她已无心去镇上参加庆典，整整一天都待在房里凝视着兹姆。妮琦只觉兹姆无比可爱，而兹姆似乎也很喜欢妮琦，水珠里不断传出它撒娇般的嘶鸣。

傍晚时分，家人纷纷回来。为了不让他们发现兹姆，无奈之下，妮琦只好将水珠藏在壁橱的抽屉里。

"吃过晚饭，我立刻回来，顺便为你带些饼干屑。"

同兹姆约定好后，妮琦若无其事地与家人共进晚餐，闲话家常。

"对了，妮琦，今天你都跑哪儿去了？镇上完全不见你的踪影。"

"我就在镇上呢，不过东走走西瞧瞧，大约和母亲你们错过了吧。"

"嗯，那倒也是，今天镇上实在太拥挤了。你买了雪丽可吗？"

"没有。不过，我得到了一件更加了不起的宝贝。"

"别是又乱花钱了吧？你买了什么？"

"嘻嘻，这是秘密。我累了，这就去睡觉。晚安。"

妮琦匆匆离开餐桌，并且不忘顺手拿起一块饼干藏进衣兜。

回到自己的房间后，她不由得松了口气。弟弟库库年纪还小，晚上睡在母亲身边，因此，这间房便完完全全属于妮琦与兹姆。

妮琦一面为库库的年幼感到庆幸，一面从抽屉里取出水珠。兹姆好似非常开心，在水珠里跳来跳去。

"对不起，独自待在这里很孤单吧？今晚我哪里也不会再去。我给你带了饼干回来……要怎么喂你吃呢？"

妮琦思索着，掰碎了饼干，又试着将饼干屑凑近珠子。刹那间，饼干屑穿透外壁，进入水珠的内部。

兹姆迅速游到饼干屑旁，用鼻子嗅了嗅，咬了一小口。接下来，它咂巴着小嘴，津津有味地吃光了剩下的饼干屑。

"太好了，看来你喜欢饼干呀。"

妮琦将手中的饼干屑都放进了水珠里。

饱餐一顿后，兹姆看起来昏昏欲睡。它小小的身体在水珠里蜷成一团，进入了梦乡。

妮琦捧着水珠，随意躺在吊床上，目不转睛地凝视着陷入酣眠的兹姆，不知不觉间也睡着了。梦中是一片湛蓝。

翌日，妮琦被窗外巨大的轰隆声惊醒。

怎么回事，外面怎么这样嘈杂？

妮琦揉着眼睛，拉开窗帘一瞧，顿时惊呆了。

从妮琦家可以望见大海。此时的海面波涛汹涌，白浪一拨又一拨卷入半空，仿佛无数匹凶狠的狼正在肆虐横行。海上乌云密布，不时响起隆隆的恐怖雷声，时而有金色的闪电烈烈劈过。昨日还是风平浪静的晴天，今日却完全变了模样。

如此看来，海神祭也没法继续举行了。

妮琦吓得目瞪口呆。

莫非……是因为自己打破了海神祭的惯例？她将兹姆从大海中带走，惹怒了海神？不，怎么会呢，绝不可能是这个原因。大海之所以波涛汹涌，一定是这不合时宜的暴风雨所致。

妮琦一面说服自己，一面穿上衣服，打算去厨房吃早餐。

厨房里，父亲与母亲正在准备早餐。他俩神情沉重，令人不敢靠近。

妮琦只好在厨房门口站定，偷听父母说话。

母亲叹息着低声道："瞧这雨势，今日镇上的小摊是不会再摆了，那些乐队也只能待在帐篷里。"

"这是自然，但也太奇怪了吧。往年海神祭期间，天气总是晴好一片，从未出现今年这种暴风雨。"

"看见那朵云了吗？总觉得不太吉利，看着感觉特别不舒服。"

这时，有人咚咚敲响妮琦家的门。

来者是住在隔壁的渔夫。他似乎跑得很急，不停喘着粗气。

"喂，怎么了，发生什么事了？"

"唉，可累死我了。出事了，出事了，大事不妙了！"渔夫神色慌张地对妮琦的双亲道，"据海巫女大人说，这不是一般的暴风雨，而是海神大人降下的诅咒。"

"什么！"

"也……也就是说……"

"对，就是你想的那样，大约有人坏了海神祭的规矩。接下来，海巫女大人要挨家挨户搜查呢，让大家伙儿都乖乖待在家里。那我先走啦，还得通知别家呢。"

说完，渔夫步履仓促地离开了。

妮琦的母亲呢喃道："真叫人无法相信，约歌镇竟然有人破坏海神祭的规矩。"

"太不像话了。总之，今天咱们就在家里等待海巫女大人吧。得赶紧把孩子们叫起来，换好衣服才行。"

"好的。"

这边，偷听完事情经过的妮琦脸色苍白，胸口处传来心脏不规则的跳动声。

暴风雨、海神大人的诅咒、破坏规矩的人。

无可辩解。果然，这一切都是自己造成的。

尽管心里明白，妮琦仍旧不愿放弃兹姆。无论海浪多么汹涌，即便赔上整个庆典，她都要让那只可爱神奇的小生物留在自己身边。

她的内心不是没有愧疚，然而欲望终究战胜了愧疚。

可是，她该怎么办才好呢？海巫女大人或许一眼便能看出，妮琦就是那个破坏规矩的姑娘，然后大人们会立刻搜出兹姆，将它从妮琦手中夺走。在此之前，她必须把兹姆藏在谁也找不到的地方。

妮琦迅速回到自己房里，拿起放在吊床上的水珠，不由得大吃一惊。因为这时候，她的手心里除了那颗水珠，还有一张薄薄的卡片。

这是一张两折式样的纸质卡片，整体呈现莫名温暖的深棕色，正面勾勒着金色与绿色的蔓草，并用银色墨水写着"十年屋"三个字。

卡片背面则写着这样几行字:

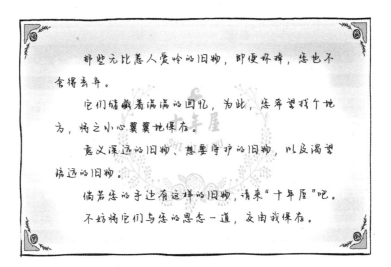

那些无比惹人爱怜的旧物，即便坏掉，您也不舍得丢弃。

它们储藏着满满的回忆，为此，您希望找个地方，将之小心翼翼地保存。

意义深远的旧物、想要守护的旧物，以及渴望疏远的旧物。

倘若您的手边有这样的旧物，请来"十年屋"吧。

不妨将它们与您的思念一道，交由我保存。

妮琦当然清楚，当务之急是尽快逃出家门，将兹姆藏起来，一秒钟也不能浪费。可她就是无法将视线从卡片上移开。

十年屋。她从未听说过这个名字。一定是某间店铺的名字吧？店里似乎可以寄存自己的重要之物。那么……说不定也能将兹姆寄存在那里。想去那家店看看。虽然不知如何前往，但妮琦相信，自己能够放心地将兹姆寄存在十年屋。

也许卡片里画着地图或写有店铺地址，这么想着，妮琦不由自主地打开了卡片。眨眼间，她被一团金色的光芒轻柔地包围。那些炫目的光带仿佛蔓草，迅速从卡片中溢散而出。

妮琦吓了一跳，却丝毫不觉恐慌。怎么说呢，这一刻，她感觉周遭全是温暖的金色之水，而自己正悠然地潜泳其中。

鼻尖飘来一股好闻的味道，甘甜而芬芳，犹如新鲜出炉的雪丽可，又隐约夹杂着肉桂的辛辣香气。

妮琦不由自主地闭上眼睛，恍若失神。

待妮琦再次睁开双眼，眼前是一片从未见过的陌生风景。

"咦？"方才明明还在自己的房里，怎么这会儿便来到了室外？

映入眼帘的是一条石板路，以及周遭砖块构造的建筑群。青灰色的浓雾飘浮在半空，使得小镇看起来影影绰绰，泛着淡淡的银色光辉。雾霭似乎吞噬掉所有声响，整座小镇静悄悄的。

分不清白昼抑或黑夜，这是一幅沉浸于微明与寂静的街景。

唯有一栋房子透出些许灯光。妮琦紧张地朝它走去。

这栋房子拥有白色的大门，门上镶嵌着绘有蓝色勿忘草的彩绘玻璃窗，再往上则刻着"十年屋"三个字。

十年屋！

是那张卡片上所写的名字。一想到这里便是那间店铺，妮琦不由得越发紧张。

此刻，她完全摸不着头脑，不明白自己为何出现在这里。说起来，十年屋究竟是做什么的？不过，有一点妮琦非常清楚，那便是所有答案都隐藏在那扇白色的店门背后。

妮琦下定决心般推开店门。丁零丁零——悬挂在门上的铃铛发出一串清脆的声响。

"打……打扰了……"

妮琦胆战心惊地走进店铺，发现这里似乎是一间存放着各种物品的仓库，随处可见书本、损坏的留声机、有裂痕的盘子、装满戒指的果酱瓶、珍珠项链、破洞的长靴、锈迹斑斑的刀剑、人偶、面具。

她的面前堆积着古旧的东西、昂贵的东西，还有看起来与破铜烂铁别无二致的东西。有的东西甚至高高叠起，直达天花板，仿佛一根柱子。

妮琦穿过物品与物品之间的空隙，继续往店内走去，不一会儿，便瞧见了店铺深处的柜台。

一名戴着银质细框眼镜的年轻男子坐在柜台前。他有一头蓬松的栗色卷发与奇妙的琥珀色眼瞳，神情温和，举止沉稳。簇新的白衬衫外罩着一件深棕色背心，搭配同色长裤。脖子上的领巾则是群青色，令人联想到一望无垠的大海。

男子对妮琦微微一笑，神情愉悦地开口道："欢迎光临十年屋。"

男子的问候饱含诚意，听起来十分彬彬有礼，仿佛在他眼中，即使如妮琦这般年幼的小姑娘，也理应被视为客人郑重对待。仅是这一点，便令妮琦喜出望外。

"……这里果然是十年屋，对吧？"

"不错。我是这间店铺的主人，请称我为十年屋。"

"您与店铺同名？"

"不不，这并非我的本名，我只是喜欢被大家称作十年屋罢了。我的本名过于冗长，连我自己也不大中意。"

接着，十年屋又对妮琦说了句"请至里间详谈"，

19

便领着她走进店铺更深处的房间。

这里与外间的店铺迥然不同，布置得很漂亮，打扫得也格外整洁。墙上贴着壁纸，用白色与金色的线条勾勒出蔓草的花纹，脚下铺着红葡萄酒色与银色相间的方格地毯，大大的暖炉前摆放着时髦的桌子与沙发。可以说，所有这些细节都透露出店主诚挚的款待之心。

"我家执事正在准备茶点。来，请在沙发上休息一会儿。"

妮琦正要依言坐下，恰在此时，一道小小的身影从里面的房间走了出来。

一只橘色的猫咪快步来到妮琦身边。它披着蓬松柔软的毛皮，外面罩了一件刺绣的黑色西装背心，脖子上系着可爱的黑色蝴蝶结，前爪端着的托盘里盛有一整套茶具。

猫咪将茶具放在桌子上，转身对妮琦道："这位客人，欢迎光临。"

猫咪的声音无比惹人怜爱，翡翠色的瞳孔闪闪发光。

"饼干即将出炉，请稍待片刻。"

猫咪，说话了！

　　眼看妮琦差点惊掉下巴，十年屋并不奇怪，转而对猫咪道："对了，卡拉西，再为客人准备一道鸡蛋料理。看样子，我们的客人尚未用过早餐。"

　　"遵命，主人。"

　　说完，猫咪便再次返回里面的房间。

　　见妮琦浑身僵硬地呆在原地，十年屋笑着道："那是我家的执事猫卡拉西，作为一名执事，它可是非常优秀能干的。"

　　"……说……说话了。"

　　"对，在我们这里，这是很常见的现象。"

　　十年屋的一句话点醒了妮琦。

　　无论是自己眨眼间便来到不可思议的地方，抑或是猫咪能够开口讲话，在这里都是司空见惯之事。究其原因，大约是因为此地处处充满魔法。

　　"十年屋先生……是魔法使吗？"

　　"是的。"

　　"……为什么，要将我带来这里？"

　　"并非我带您前来，而是您需要本店，确切地说，是您需要借助我的魔法，招待券才会自动投递至您处。"

"招待券是指那张卡片吗？"

"没错。十年屋便是为需要寄存物品的客人而开设的，哪怕眼下客人并未带来物品也没关系。客人想要寄存的物品，比如不愿扔弃之物、想要藏起的隐秘之物，皆可让十年屋保管，期限为十年，同时本店会向客人收取一年的寿命作为酬劳……您随身携带着希望寄存的物品吧？"

妮琦尚未回答，那只名为卡拉西的执事猫已经再次返回。这一次，它端来满满一篮小山似的新鲜出炉的饼干，还有无花果制成的果酱、数只煮鸡蛋。

十年屋微笑着道："具体情况稍后再谈。首先让咱们填饱肚子吧。以小客人的年纪而言，不吃早餐对身体可是非常有害的。"

妮琦欢天喜地地开始享用早餐。她确实已经饿得肚子咕咕叫，对猫咪烤制的饼干垂涎三尺。

事实上，这些饼干的确堪称绝品，不仅带着炉火的余温，而且口感酥脆。直接入口已经十分香甜，倘若再蘸上满满的无花果酱，简直能让妮琦陶醉不已，恍如置身仙境。此外，撒了盐的煮鸡蛋也有着妮琦从未感受过的香浓滋味。

十年屋为妮琦斟了一杯红茶。由于加入了大量牛奶，红茶的口感亦是十分醇厚，妮琦一口气便将红茶喝光了。

她伸出手，刚准备再拿起一块饼干，忽然想起一件事。

这么好吃的饼干，真想让兹姆也尝尝呢。它一定会很喜欢。

"啊！"

妮琦如遭雷击般愣在沙发上。

糟糕。她竟然将兹姆完全抛至脑后。那颗海水做成的珠子被她留在了房间里，忘记带来。它一定立刻会被大人们发现。啊啊，大事不妙了。兹姆，兹姆！

妮琦惊慌失措地想要起身，却感觉手中多出一件冷冰冰、沉甸甸的东西。

她奇怪地低下头一瞧，手心上躺着的正是那颗珠子。兹姆也乖巧地待在珠子里，看着妮琦，开心地游来游去。

她记得自己明明没有带它前来才对。为什么？怎么会这样？

面对震惊不已的妮琦，十年屋静静地说道："无须惊讶，它是应您的召唤来到此处的。本店开设之初，便为客人提供了这项服务。它是您希望寄存的物品吧？能否容我一观？"

"请……请看。"

此时的妮琦仍有些困惑，将珠子轻轻放到桌上。十年屋看了看珠子，见此情形，妮琦心想，他大约会非常吃惊吧……

谁知，魔法使旋即叹了口气，神情颇为无奈。

"哎呀哎呀……您来这里是为了做什么，殿下？"

魔法使的疑问似乎令兹姆羞愧万分，它不由得用背鳍遮住脸庞。

这次轮到妮琦大吃一惊。

"这……这小东西是什么来历，您知道？"

"没错。这位是海神大人的第四十五个孩子，因为尚且年幼，所以不得不借助这颗守护水珠的庇佑而生。不过，它本应待在自己那座珍珠建造的宫殿中……殿下，在您来到陆地之前，确实取得了海神大人的恩准吗？"

闻言，兹姆背朝十年屋，将身体缩成小小的一团。

"果然……希望此行不会带来什么麻烦才好……"

听闻十年屋的叹息，妮琦急忙道："那……那个……是我在海边拾到它的。当时，我看见它被海浪卷到了沙滩上……我明知海神祭当日，不得捡拾任何来自大海的东西，可……可是，我无论如何也不忍心丢下它。"

"您做得很好。倘若放任它曝晒在日光下，这颗守护水珠迟早会蒸发殆尽。"

一句"您做得很好"，让垂头丧气的妮琦忽然恢复了精神。

是的，自己并没有做错什么。

"可是，就因为我擅自捡拾了兹姆，才导致暴风雨来临。镇上的人都说这是海神大人的诅咒，正在四处寻找兹姆。为此，我希望将兹姆寄存在店里，直到大家不再搜寻它。"

这样的恶劣天候应该不会持续太久。待暴风雨过去，自己便来店铺接兹姆回家。

妮琦发自内心地祈求道。

面对这样的妮琦，十年屋目光沉静地说道："原则上，本店确实可以寄存任何物品，这本就是店铺开设的初衷。"

"那么……"

"然而，您不能寄存它。因为它是海之王子，本就不属于您。"

怎么能这样，妮琦顿时红了眼眶。

"这里不是可以寄存自己的珍贵之物吗？兹姆明明是我很重要的朋友！"

"原因就在这里。方才我已经说过，只要是客人的珍贵之物，我皆能代为保管。然而，这件物品并非小客人您的所有物，为此，我亦不得不拒绝您的要求。请您谅解。'朋友'本身，绝无可能成为您的私人物品，无论那是多么重要的朋友。"

这番措辞强而有力，仿佛锐利的刀锋，毫不留情地刺入妮琦的胸口。妮琦顿时说不出一个字来。她很想说些什么反驳对方，却找不到恰当的词汇。

少女抽抽搭搭地哭泣着，这一次，十年屋放柔了语调，对她说："您也说暴风雨已经降临小镇了，对吧？镇上的人们说，那是海神大人的诅咒，我想，大家的理解并没有错。"

"咦？"

"海神大人的悲伤与愤怒，既可以唤来惊涛骇浪，也可以召来疾风暴雨。长此以往，镇上的渔夫们将一生都无法出海捕鱼。原因无他，只要您的朋友一日不回归大海，海神大人便一日不得心安。"

"……"

"此时，想必海神大人正竭尽全力搜寻自己的孩子。没有一位做父母的会不珍视自己的小孩……您的家人亦是如此，倘若发现您迟迟没有回家，也会担心不已吧？"

十年屋的话语彻底说服了妮琦。可她同时又觉得，采用这样一番说辞，此人也太狡猾了吧。要是他劈头盖脸地将自己训斥一顿，不容分说地命令自己"请将它归还给海神大人"，自己尚且能够反抗，或是固执己见地拒绝。真没想到，十年屋竟会搬出家人来说服她……

妮琦轻轻朝兹姆瞥去一眼。水珠里的兹姆似乎有些无精打采，它默默地垂着头，圆溜溜的眼睛里蓄满泪水。看来，十年屋的话也打动了兹姆的心。

"你想……回家吗？回家去？"

妮琦呢喃着。兹姆看向妮琦，随后几不可察般轻轻点了点头。

这个瞬间，妮琦感到包裹住心脏的最后一块碎冰也消融殆尽。

妮琦拿起水珠，从沙发上站起身。

"打扰了。我……我们，这就回家。"

"如此，便再好不过。"

十年屋微微一笑，目送妮琦走出白色的店门。

打开店门来到室外，妮琦已经再次置身自己的房间。她回过头一瞧，那扇白色的店门、那间堆满古旧物品的店铺，皆随那位目送她离去的魔法使一道，消失了踪影。

妮琦不由自主地叹了口气。

就在这时——

"妮琦？你起床了吗？海巫女大人就快来了，快点起床换衣服。"

母亲的声音从外间传来，与此同时，妮琦听到母亲朝自己房间走来的脚步声。

糟了。在母亲和海巫女大人发现之前，自己得尽快将兹姆送回大海。

妮琦决定溜出房间。

然而，她刚推开窗户，一阵狂风便扑面而来，她踉

跄地后退一步。如此猛烈的风暴，她还是头一次经历。虽说雨已经停了，空气却尤为湿润，夹杂着海盐的气息。毫无疑问，风是从海面刮来的。

若不尽快将兹姆送回去，接下来的事情会变得很麻烦。

妮琦迎着肆虐的狂风，手里紧紧握着水珠。她跨过阳台上的栅栏，来到院子里，还好有柔软的泥土和草丛接住身体，她才没有受伤。

就这样，妮琦拔腿朝大海奔去。路上一个人影也没有，想来大家都牢牢关上了防雨木窗，躲在家里不敢外出。如此正好，对妮琦而言，这样便不必担心被谁发现。

然而，风势实在太强，妮琦几乎站立不稳，好几次脚下打滑，整个身体仿佛一片飘零的叶子，随时会被大风刮走。

好不容易来到海边，妮琦已经精疲力竭。头发乱糟糟的，鸟窝一般，手上、腿上伤痕累累，大约是被飞在半空的树枝和小石子儿之类刮伤的。

尽管如此，她依然一步一步坚定地走向沙滩，靠近大海。

眼前的大海波涛汹涌，是她从未见过的景象。远处的海面上卷起银色的巨浪，犹如尖利的牙齿，发出响彻天际的轰鸣，一拨一拨涌向陆地。从这可怕的气势来看，别说沙滩，似乎整个小镇也能被大海吞噬入腹。

狂风从四面八方向妮琦压迫而来，一步步将她推向大海，仿佛在说："就是她！她就是那个做了坏事的小孩！请吃掉她吧！"这一刻，妮琦甚至觉得自己已成为献给大海的祭品。

冰冷的飞沫溅在妮琦身上，蹿入她的口中，带着咸涩的海腥味。妮琦想，这大约是眼泪的味道。

因为丢失了自己的孩子，此刻的海神大人愤怒而悲伤。

妮琦凝视着水珠里的兹姆，兹姆也落寞地看向她。它是懂得的，道别的时刻已然来临。

"如果还能相见就好了……再见，兹姆。"

说完，妮琦将水珠放在涌至脚边的巨浪之上。眨眼的工夫，水珠便被浪花卷走，消失在一望无垠的大海。

妮琦自己也险些栽倒在巨浪里，好在她拼命稳住身体，迅速逃到安全之处。

她浑身湿透，从头到脚皆是海水，身体冷得犹如冰块，反倒衬得眼泪更加滚烫。

"永别了，兹姆。永别了。"

将汹涌的大海留在身后，妮琦一边号啕大哭，一边踏上回家的路途。

妮琦趴在窗口，出神地眺望着远处的大海。泛着粼粼波光的蔚蓝大海今日也是一片风平浪静。那抹蓝幽幽的色泽，令她想起离去的朋友。

妮琦叹了口气，忍不住轻声咳嗽。她的感冒至今未愈。

距离放归兹姆已经过去整整四天了。暴风雨那日，妮琦顶着肆虐的冷风，浑身湿淋淋地回家，罹患感冒是再平常不过的事。于是，妮琦不仅挨了父母一顿狠狠的训斥——"那么大的暴风雨，谁叫你跑去海边的"，并且为咳嗽与头痛所苦。

好在兹姆回归大海后约一个小时，暴风雨便骤然停歇，仿佛退潮般消失不见。

也是这个缘故，海神祭得以在第二日顺利举行。当然，尚未完全康复的妮琦依旧没法参加庆典。

然而，即便雨过天晴，妮琦犯下的过错也并未得到宽恕。

两日后，妮琦便被迫面临了这一事实。

海巫女大人来到了妮琦家。暴风雨过后，海巫女大人仍然不知疲倦地搜查那个破坏规矩的"肇事者"。而后，面对躺在吊床上瑟瑟发抖的妮琦，海巫女大人冷冷地说了一句："遭天谴的家伙！"

就这样，镇上所有人都晓得了妮琦打破海神祭惯例一事。

从那日起，妮琦便一直待在自己的屋子里。她的身体差不多已经痊愈，父亲却不允许她踏出房间一步。即便是弟弟库库，也一次不曾过来找她玩耍。

百无聊赖之际，妮琦将耳朵贴在门上。近来，她时常听见屋外传来父母的争执声。

"今天镇上也有人说妮琦的坏话，往后这日子可怎么过才好？"

"不能让那孩子独自承受众人的排挤。要不，咱们全家一块儿搬走吧。"

"可是工作该怎么办？"

诸如此类的对话断断续续地钻进耳朵，妮琦的情绪越发低落。

看来，镇上的居民早已对自己厌恶不已。"遭天谴的家伙""破坏规矩的小孩"，私下里，大家纷纷如此议论她。之后，每当镇上发生不幸之事，众人皆会归咎于妮琦。

或许正是这个缘故，双亲才考虑搬离小镇吧。这几天，父亲总是早出晚归，似乎准备在别的小镇寻找工作机会，一旦找到合适的工作，便将举家迁往。可是，不管父母打算搬去何处，新家一定会远离大海。

刹那间，妮琦只觉胸口蓦地涌上一股莫名的情绪。

回过神来，妮琦已经推开窗户，来到室外。她从阳台跳到院子里，直奔大海而去。路上没有遇见一个人，妮琦就这样神不知鬼不觉地再次回到那片海滩。

整整四天未曾造访的大海，如往日一般风平浪静。海浪轻轻拍打着沙滩，仿佛洁白的蕾丝花边。放眼望去，海天一色，澄澈而湛蓝。

兹姆居住的珍珠宫殿，就坐落在这美丽的海底。

"兹姆,你还好吗……"

明明已经流过许多眼泪,此时的妮琦依然感到悲伤。

她揉了揉眼睛,一脚踏进水中。方才出门时忘记穿鞋,此刻,妮琦只觉从赤裸的脚掌上传来钻心的疼痛。

然而,当她靠近那些翻涌的浪花,一股巨浪猛地蹿上半空,气势汹汹地朝她扑来。

兜头浇下的海水让妮琦一屁股跌坐在沙滩上。她悲伤地号啕大哭。看来,海神大人依旧在生她的气,或许这一生她都无法再踏入大海。

就在她哭着站起身时,忽然察觉四周有什么东西正闪闪发光。

原来是海琥珀。这是一种异常罕见的宝石,因为来自大海,所以又被称作"人鱼的眼泪"。此时,妮琦的身边便静静散落着无数这样的琥珀,几乎每一颗都与葡萄差不多大。明明方才并没有出现,难道是随那股巨浪而来的?

妮琦提心吊胆地拾起一颗海琥珀,只见这颗宝石闪烁着奇妙的光泽,在日光的照耀下,缓缓地从湛蓝变为碧绿,又从碧绿转为黄金。妮琦怔怔凝视着,一颗心便在海琥珀美丽的色泽面前变得无比平静。

这时，妮琦隐隐听见远方飘来一串若有若无的笑声。咕噜噜——这奇妙的笑声似乎在哪里听过。

"兹姆？"

妮琦抬起头打量一圈，四下空旷，并无那道熟悉的身影。

然而，此时的妮琦不再感觉沮丧。

她明白，这些海琥珀都是兹姆赠予自己的礼物。她应该落落大方地收下，回去后将它们分给镇上的居民，告诉他们，海神大人已经原谅自己。或许只要看到这些琥珀，大家便能理解。

"兹姆，谢谢你！下次，我一定会带许多许多好吃的饼干来看望你的。"

妮琦面朝大海，声嘶力竭地喊道。然后，她俯下身，拾起那些散落在沙滩上的海琥珀。

2

沉醉的记忆

这天，木匠伽茨先生心情愉悦，只因长达三个月的房屋修筑工事终于大功告成。

这项工作的成效令他颇为自豪。客户也十分满意，爽快地支付给他一大笔酬金。伽茨先生绝少有这样的好运气，能够接二连三地遇上许多开心事。

接下来，他该用这笔酬金做些什么好呢？首先，必须将一半数额挪入家用，然后花一点钱维修工具，再将少部分存起来……嗯，这样算来手头仍有不少盈余。

至于如何使用剩下的酬金，伽茨先生心中早有打算。

十五年来，妻子一直任劳任怨地陪在他身旁。她知情达理，守护着两人的家，将一切打理得井井有条。伽茨先生希望买一份精致的礼物，慰劳贤淑的妻子。

这样想着，伽茨先生兴冲冲地跑到人声鼎沸的繁华市街，那里商铺林立，贩卖各种时尚的玩意儿。他穿梭往来于各家商铺，不厌其烦地逛着，终于瞧见了一件中意的物品。

那是一个椭圆形的发夹。整体以纯银打造，中间部分装点着繁茂美丽的蔓草与叶片，下面挂着一小串饱满的葡萄。每颗葡萄粒都是用绿玛瑙做成的，这般柔和的色调，令人联想起春日的嫩叶。

毫无疑问，这款发夹非常适合妻子。他觉得，待到将来妻子白发苍苍时，它仍旧与她分外相称。

伽茨先生对店员说，请将它包起来。付款之际，他发现发夹比他想象中更为昂贵，但他没有一丝后悔。只要想起妻子欢天喜地的神情，他的唇角便不由自主地勾起一抹得意的笑。

对了，将它直接交给妻子，这事儿似乎有点缺乏情调。机会难得，不如换一种稍显浪漫的方式。把它藏在某处如何？然后他便邀请妻子去散步，途中让她亲自寻找这份礼物。找到礼物后，妻子一定会吃惊得说不出话来。

这主意可真不错。伽茨先生旋即赶往离家不远的公园。这座公园实则是一片占地宽广的小树林，拥有数条散步路线。伽茨先生时常携妻子在林中散步或是野餐，说真的，他当年便是在这里向妻子求婚的。除却这座公园，他简直想不出还有别的什么地方更适合将发夹送给妻子。

伽茨先生来到公园深处的栗木林中，确定周围没有一个人影，才悄悄将装着发夹的盒子藏进树洞。这棵栗子树高大而粗壮，树干上的洞非常深，即便有调皮的孩童好奇地将手伸进洞里，也绝对够不着盒子。真是一处安全适宜的藏匿之所。

明日清晨，他会尽快将妻子领来这里。

伽茨先生带着孩童般淘气的微笑，离开了栗木林。

他走出公园，刚踏上回家的路，不料竟恰巧遇见从前的友人霍姆先生。

"哦，这不是伽茨吗？好久不见！"

"好久不见。你还好吗，伙计？"

"啊啊，还不错吧。我说，咱俩难得碰面，要不干脆去那边的店里坐坐，顺便聊一聊？"

伽茨先生欣然点头。他已好几年不曾见到霍姆先生，正想同对方好好聊聊天。

两人走进附近的一家小餐馆，点了啤酒和下酒小菜。闲谈间，伽茨先生兴致高涨，只觉杯里的啤酒越发美味，不知不觉便将整杯酒喝得精光。踏出餐馆时，伽茨先生早已烂醉如泥。

与霍姆先生告别后，伽茨先生步履踉跄地朝家走去，身体摇摇晃晃，仿佛踩在云端。他觉得沿路的街灯像是在对自己咪咪发笑，于是他也对着街灯咪咪地笑了起来。

然而，他很快便觉得自己眼下的状况不大妥当。

照这种醉法，自己肯定会丢三落四的。因着喝醉酒，他已不知搞砸过多少事情。倘若明日一早醒来，他便忘了将发夹藏在何处，又该怎么办呢？

"不，怎么可能记不住？那个发夹，唔，我根本不可能忘记。它就藏在……公园的栗木林里。对，那棵栗子树的树洞中。我才不会忘呢。"

尽管伽茨先生拼命念叨着，他的头却越来越昏沉，里面似乎卷起一团又一团旋涡，渐渐模糊了记忆。最后，他终于连那个发夹的形状也想不起来了。

上面点缀的是红宝石吗？发夹是一朵蓝色小花的模样？唉，糟了，这可真是糟糕透顶。不如将礼物详情写

在纸上收起来吧。可是，大约自己会将这张纸也一并忘记。唉，要是能让某个人代为保管就好了。

伽茨先生一面想着，一面仰头望向街灯。恰在此时，一张卡片顺着头顶的灯光飘然落下。

卡片表面是美丽的深棕色，勾勒着金色与绿色的花纹。

来得正是时候，伽茨先生心想，立刻拾起卡片，打算直接写下礼物的藏匿位置。可惜，这张卡片的正反两面都已写满了字。

"搞什么啊，根本没处可写嘛……嗯？卡片里面应该可以吧？"

伽茨先生打开这张两折式样的卡片，刹那间，整个人被吸进一团金色的光芒中。

一阵天旋地转后，他终于回过神来，面前是一条陌生的街巷。

半空浮荡着沉沉雾霭，周遭寂然无声，所有建筑笼罩在一片薄灰之中，看起来很朦胧。

伽茨先生大吃一惊，随即点了点头。

"啊，原来我在做梦呢。"

想到自己置身梦中，伽茨先生立刻放下心来，大胆地往前迈出一步。

他的眼前出现了一扇门，看上去洁白如雪，灯光透过门上镶嵌的彩绘玻璃窗撒落一地。一定有人等在门的里面，于是，伽茨先生用力推开了那扇门。

他面前似乎是一间仓库，乱七八糟地堆着各种物品，留下一条仅容一人通过的缝隙。

每件物品都十分古旧，大部分与废品无异。然而，伽茨先生总觉得这里弥漫着某种不可思议的氛围，有些怀念，又有些眷恋。

伽茨先生小心翼翼地朝深处走去，尽量避免因步伐不稳或粗枝大叶而碰坏什么东西。然后，他再度吃了一惊，眼前竟然出现一只大大的猫咪。

它用一双后足支撑起身体，像人类那样身着黑色西装背心。接下来，这只通体橘色的猫咪对着伽茨先生微微一笑，道："这位客人，欢迎光临十年屋。"

猫咪悦耳的声线让伽茨先生喜不自胜。反正是在做梦，遇见会说话的猫咪一点也不稀奇。此外，他觉得这里看起来更像是一家店铺。

"这家店可真棒，竟然让猫咪出来招呼客人。叔叔我十分感动。话说回来……你长得好可爱呢！叔叔最喜欢猫咪了，让我亲你一下吧，就亲一下！"

"哎？不……不用了！"

"连这冷淡的态度也格外招人喜欢。过来过来，到叔叔这儿来。"

猫咪吓得大叫一声，顷刻间逃之夭夭。

紧接着，一名身材修长的男子与猫咪擦肩而过，来到伽茨先生面前。他身穿深棕色的背心与同色长裤，模样分外清爽，鼻梁上架着一副斯文的眼镜，脖子上系着深绿色的领巾。

看见男子柔软的栗色卷发，伽茨先生总算想起用来藏匿礼物的栗子树。

好险，差点又忘了这事儿。真是的，自己怎么会喝那么多酒呢。

伽茨先生懊悔不已，只听男子道："欢迎来到十年屋。"

"十年屋……这家店是叫这个名字吗？"

"不错。本店专为客人寄存一切贵重之物、不愿丢失之物……请问，我家执事猫卡拉西是否有待客不周之处？很少见它在店里慌里慌张地奔跑，不知方才是否冒犯了客人？"

"刚才的猫咪，叫卡拉西吗？嘿嘿，那身橘色的皮毛倒是与它非常相称。没有没有，它怎么可能冒犯我呢。我是瞧它模样可爱，想要亲一亲它罢了。"

"……原来如此。快请进吧，有任何事请至会客室详谈。"

店铺深处有个颇为舒适的小房间，伽茨先生被男子领至沙发上坐下。他觉得沙发异常柔软，自己似乎随时都能睡过去。说来奇怪，人在梦中竟然也会昏昏欲睡。

不一会儿，方才的猫咪再度出现。它端着一个大马克杯来到伽茨先生面前，杯子里正飘出袅袅热气。

"请……请慢用。这是加有蜂蜜的生姜茶。"

"天哪，这是专程为叔叔泡的茶吗？叔叔太感动了，作为回礼，让叔叔亲一亲你吧？"

"喵！"

猫咪再次如旋风一般逃得无影无踪。

"哎呀，也没必要这么害怕嘛。"

伽茨先生不无失落地感叹，端起马克杯抿了一口茶。生姜茶甘甜爽口，略带一丝辛辣的滋味。生姜的香气在体内扩散开来。伽茨先生不疾不徐地品着热茶，只觉身体渐渐回暖，脑子也清醒起来。

见此情形，男子沉稳地引入话题。那些话听在伽茨先生耳中，净是些不可想象之事。

男子告诉他，这里是魔法使开设的店铺"十年屋"，客人可以将自己的珍贵物品寄存于此，但需要支付一年的寿命作为酬劳；寄存期最长可达十年，在此期间，客人可以随时前来取回物品，也可于十年期满后取回。寄存期满后，若客人不再需要该物品，它将正式归这家店所有。

"原来如此，贵店提供的服务真是无比周到。那我可以寄存点儿什么呢？一张备忘便条怎么样？"

"完全没问题。您打算寄存备忘便条吗？"

"嗯。实话告诉你吧，我给老婆买了一件礼物。"

伽茨先生一五一十地将今日发生的事告诉了魔法使。

"大致情况就是这样。不过你瞧，我已经醉成这样了，为避免明早醒来忘得一干二净，只好将写有礼物藏匿地点的备忘便条寄存在贵店。你看成吗？"

"当然可以。只要您愿意支付酬劳，本店便为您办理寄存。"

"酬劳是指一年的寿命？嗯，好的，没问题，为了老婆，这不算什么。"

此时的伽茨先生依旧醉意醺然，心情愉快，毫不犹豫地打算支付寿命。

他接过十年屋递来的银色钢笔，在后者手中的黑色皮革手札上签下自己的名字，缔结了契约。然后，伽茨先生把写有礼物藏匿地点的便条交给十年屋，给了他一个仪式性的拥抱，便离开了店铺。

眨眼间，伽茨先生已经置身熟悉的街市。他回头望去，发现那扇白色的店门连同雾气弥漫的小巷，早已不见了踪迹。

"哈哈，消失了。简直像肥皂泡一样……那只可爱的小猫咪，真想让老婆也瞧瞧呢。"

可惜，一切不过幻梦一场。伽茨先生觉得自己做了个好梦，愉快地哼着歌，踏上回家的路途。

然后……

翌日清晨，当伽茨先生在被窝里睁开眼睛，已将藏匿礼物一事忘得干干净净。不仅如此，连买下发夹的那段记忆也从他脑海中不翼而飞。

光阴流逝。

伽茨先生的生活一如往昔。他辛勤劳动，爱护妻子，有时喝得烂醉，以致第二日头疼不已。

在此期间，丢失的记忆一点也不曾被他想起。当然，其中也包括前往店铺"十年屋"，以及在那儿邂逅了一只会说话的可爱猫咪的事。所有细节都被伽茨先生抛至脑后。

然而……

十年后的某天午后，伽茨先生准备享用一顿迟来的午餐，刚拿出妻子为自己做的爱心便当，便看见便当盒上躺着一张漂亮的卡片。

"莫非是妻子送给自己的礼物？"

伽茨先生咻咻笑着，拿起卡片一瞧，只见上面写着如下几行字：

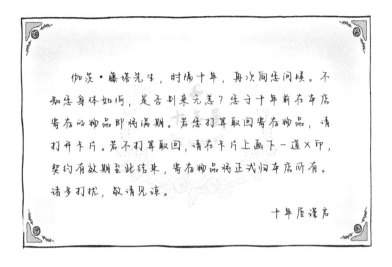

伽茨·藤塔先生，时隔十年，再次向您问候。不知您身体如何，是否别来无恙？您于十年前在本店寄存的物品即将满期。若您打算取回寄存物品，请打开卡片。若不打算取回，请在卡片上画下一道×印，契约有效期至此结束，寄存物品将正式归本店所有。诸多打扰，敬请见谅。

十年屋谨启

"这是……什么东西？"

伽茨先生一脸不解，将卡片上的话又读了几遍。

按这张卡片所说，伽茨先生似乎在一家名为十年屋的店铺寄存了什么东西。可是，他从未听闻过哪家店铺叫作十年屋。

"不会是妻子的恶作剧吧？"

然而，这般流畅优美的字迹，并不属于妻子。

伽茨先生百思不得其解，禁不住打开了卡片。刹那间，鲜艳的金色光带从卡片中溢出，一圈一圈裹住伽茨先生的身体。

一阵目眩神迷后，伽茨先生不由得眯起眼睛。他心中分外吃惊，却丝毫不觉害怕，这大约是由于鼻息间传来了蜂蜜甘甜的味道，以及生姜那略带辛辣的芬芳。这些气味轻柔地包裹着他，带来奇妙的怀念之感。

啊，他似乎想起来了。

待伽茨先生再次睁开眼睛，已经置身一条完全陌生的街巷。周围鳞次栉比地矗立着一座座砖块构造的建筑，沉沉的雾霭浮荡其间，一切都被染上某种类似青灰的色调。

伽茨先生看得目瞪口呆，忍不住拧了拧自己的脸，脸颊旋即传来一股疼痛。也就是说，这并非做梦。

"这究竟是怎么回事？"

他决定走进面前的一栋房子碰碰运气。毕竟四周阴沉沉的，唯有这栋房子点着灯。

他推开白色的店门走进去，扬声道："打扰了。"

眼前堆积着各种各样的物品，不少东西看起来格外陈旧，有的早已损坏。

"这里是仓库？"

伽茨先生小心翼翼地穿过狭窄的通道，终于看见屋子深处的柜台。

柜台前坐着一名男子，身着深棕色的背心和同色长裤，脖子上系着一条漂亮的银色领巾。他的头发是栗色的，一双琥珀色的眼瞳藏在银质细框眼镜后面，闪烁着别样的光芒。

男子微笑着对伽茨先生道："已恭候您多时了，伽茨·藤塔先生。"

这名男子竟然认识自己，伽茨先生着实诧异，因为他自己对男子似乎毫无印象。

伽茨先生感觉处处透着古怪，也越发神奇了。

他正这么想着，忽然察觉柜台后有只猫咪悄悄探出脑袋，瞥了自己一眼。那是一只橘色的大猫，此时它正用一双后足支撑起身体，穿着西装背心，脖子上系着蝴蝶结，宛如一个人类小孩。

四目相对的瞬间，猫咪仿佛受到惊吓，飞快地缩回脑袋。

见伽茨先生吃了一惊，男子问道："有何不妥吗？"

"没什么，那里有只猫……穿着衣服，还用两条腿站着……"

"啊,那是我家的执事猫,名叫卡拉西。"

"执事猫?卡拉西?"

"……您果然已经忘了啊。"

眼看男子流露无奈之色,伽茨先生震惊地问道:"……我不记得了,难道从前我来过这里?"

"没错,您的确来过本店,并且寄存了一件重要的物品。"

"重要的物品……那是什么?"

"是一张便条。"

说着,男子掏出一张薄薄的小纸条,递到伽茨先生面前。

伽茨先生接过它,垂眸扫了一眼,倏然脸色铁青。

"骗人的吧,这种东西……我竟然也给忘了。"

发夹,栗子树,树洞,礼物,妻子的笑颜。

所有忘却的记忆,顷刻间涌现在脑海。

那个发夹!已经被他遗忘在树洞中整整十年了。如今它还在那儿吗?有没有被人偷走?天哪,怎么办?无论如何,自己必须立刻赶去公园!

"啊啊啊啊!"

伽茨先生奔出十年屋，甚至忘记向男子道谢。

就这样，脸色大变的客人步履仓皇地离开了店铺。魔法使十年屋面带微笑地目送着那道背影，执事猫卡拉西瞅准时机，从里间走了出来。

"哎呀，你总算肯现身了。客人已经回去喽。"

"……那个人，实在太难应付了。"

"哈哈哈，今日他并未喝醉，所以应该没什么问题……你看起来不太开心，怎么啦？"

"……那人的礼物，十年来一直被他扔在那里不管……但愿没有丢失。"

瞧着卡拉西一脸担忧的模样，十年屋温柔地摸了摸它的脑袋。

"卡拉西真是心地善良。不过放心吧，其实啊，收下客人寄存的便条后，我曾亲自去过一趟藏匿礼物的地方，为那份礼物施加了一道魔法，因此，谁也没法偷走它，连丝带和包装纸至今也完好无损哦。"

"那就好。可是，主人为何要这么做呢？"

"因为这是一桩非常棒的委托。那个人曾笑眯眯地告诉我，买下礼物，是为了看到夫人开心的笑颜。我也愿意为这样的客人提供尽可能优质的服务，你说对吧？"

"……今日为主人做您最喜爱的南瓜浓汤吧。"

"那我便拭目以待了。谢谢你，卡拉西。"

十年屋微微抿唇，温柔地笑道。

3

倔强父亲的浓汤

春光明媚的某日，一对新人在镇上一家装潢时髦的餐厅里举行婚礼。

　　婚礼规模不大，前来观礼的宾客多为双方亲友。在大家献上的诚挚祝福声中，新郎与新娘看起来格外幸福。

　　客人们兴高采烈地围坐桌边，佳肴也一道道呈现在眼前。首先上来的是丰盛爽口的开胃菜，其中有用各种春季蔬菜制成的沙拉、揉入香草的现烤面包，以及香浓醇厚的芝士。

　　接下来，便到了浓汤登场的时刻。

　　一名男子忽然步入会场。他身材修长，模样很是年轻，上身穿着深棕色的背心，下身搭配同色长裤。不过，无论是他鼻梁上那副银质细框眼镜，还是背心口袋里漫不经心露出的怀表表链，都使青年拥有某种远超年龄的老成气质，倒是脖子上那条樱色的领巾，带来一股柔和的春日气息。

他的身边伴着一只猫咪。它拥有柔软的橘色皮毛，身着黑色西装背心，脖子上像模像样地系着蝴蝶结。此外，也不知它的主人是如何训练它的，猫咪竟然灵活地用一双后足支撑起身体，一蹦一跳地走着。

原本正聊得眉飞色舞、愉快享用美食的诸位宾客，皆不由自主地将目光投向男子与猫咪。

这是谁？

莫非是新郎与新娘的朋友？

瞧他身边那只奇异的猫咪，说不定是谁请来的魔术师。

可是，他为什么带着一口锅呢？

没错。这位陌生男子竟然双手端着一口又大又沉的锅。

他径直来到新郎与新娘身边，将锅放在桌上，彬彬有礼地朝两人鞠了一躬。栗色的卷发轻轻摇曳，男子用一双深邃的琥珀色眸子笔直地凝视眼前的新人。

"恭喜二位步入婚姻的殿堂。今日，我特地带来一道浓汤料理作为贺礼。这是当初某位客人寄存在本店的礼物，望二位务必品尝。"

男子的话语，令宾客们误以为他是餐厅的工作人员。

"二位愿意接受这道浓汤料理吗？"

"当然，无论什么贺礼，我们都非常乐意接受。"

新郎调笑般回答。

闻言，男子恭敬地揭开罩在这口大锅上的锅盖。

众人一瞧，只见锅里盛着满满的番茄浓汤，各种蔬菜与丰富的鱼虾贝类熬煮得十分入味。并且，汤锅正咕嘟咕嘟冒着热气，显然上一秒才从炉灶上端下。馥郁的香气弥漫在整个会场，众人禁不住垂涎三尺，深深呼吸。

无论如何，这道料理看起来都不像出自餐厅大厨之手，更像是朴素无华的家庭料理。

"咦，奇怪，今日主厨不是说会配芦笋奶油浓汤吗？"

新娘不解地问道。

然而，新郎的反应却是出人意料地激烈。他猛地站起来，身下的椅子被撞翻在地。他的整张脸早已变得苍白如纸。

"怎么会这样……不，这不可能。"

新郎走上前，逼问男子这一切究竟是怎么回事。

"这……这不是我父亲的浓汤料理吗？"新郎道。

"没错，它的确是令尊所做的浓汤料理，您果然一眼便认了出来。"

"我当然认得出！可……可是，这怎么可能！父亲……早已在五年前就过世了！"

"诚如您所言。这道料理也正是五年前，令尊亲自委托本人十年屋代其保管的。"

"十年屋？你……你是魔法使？"

所有人皆大吃一惊。

魔法使？这名男子竟是魔法使？

也就是说，他身边的猫咪便是使魔？

到底发生了什么？

男子与他的猫咪究竟为何前来婚礼现场？

众人忍不住纷纷揣度。一片窃窃私语声中，自称十年屋的魔法使气定神闲地微笑着，只用那双琥珀色的眼瞳静静凝视着新郎。

"能够耽误您一些时间吗？令尊有话托我传达。"

接着，魔法使语调沉稳地为宾客们讲述起一则故事。

"喂，孩子他妈，今天那小子说要回家一趟。真开心哪，前阵子，那小子在信上说自己交到女朋友了。待会儿等他回来，咱们一定要问个究竟。"

艾佐先生曾是一名渔夫。此时，他正一边对着亡妻的照片喃喃自语，一边用汤勺搅着一口大锅。锅里熬煮的是他最拿手的料理，海鲜番茄浓汤。

汤里加入了大量番茄和洋葱，配有各种贝类、鳕鱼、龙虾等。海产特有的鲜甜完美烘托出浓汤的咸鲜，由于额外放入不少大蒜与黑胡椒，因此整道汤的口感十分辛辣，喝下后身体旋即能够暖和起来。无论直接食用，抑或抹一些在面包上，甚至加点米饭蒸煮，滋味都堪称一绝。

从昨日开始，艾佐先生便精心准备起这道料理，只因今天是儿子纳兹回家探望他的日子。

纳兹是艾佐先生的独子，在校期间品学兼优，如今作为一名口译人员，穿梭往来于世界各地。

他工作繁忙，多年来离家在外，少有机会陪伴艾佐先生。前些日子，他给艾佐先生寄来的书信上说，最近终于可以休假，为此打算今日回家探望父亲。

"那个傻小子，不知跟他说过多少次，不用老是惦记着我，更不用每次休假都回家来。"

尽管嘴上这么说，艾佐先生内心依然十分高兴。

多年之前，妻子不幸过世，留他一人将儿子抚养长大。眼下，唯一的儿子好不容易回乡探亲，艾佐先生无论如何也打算大显身手一番，于是干劲十足地为儿子做起了这道他最爱吃的浓汤料理。

艾佐先生从市场上买回最新鲜的鱼贝，洋葱与番茄则以香味上乘的食用油悉心烹炒，并且仔仔细细地去除汤面的肉末残渣。

待浓汤熬好后，艾佐先生对自己的料理成果十分满意，心想，儿子纳兹一定会非常喜欢。唯一的问题是，他实在太开心了，稍不留神便放入过多的食材，以至锅里的汤差点溢出来。不过，这又有什么不好呢。

"这么一大锅美味的海鲜，即便吃上整整一周也不会腻。"

从前，儿子总是这样对他说。想起儿子讲话时的神情，艾佐先生不由得笑逐颜开。

"宁愿剩下，也不能让他不够吃……马上就快十二点了，纳兹那小子约莫已经到车站了吧？"

艾佐先生坐立不安地瞄了一眼时钟，忽然，从屋外传来邮差的敲门声。

邮差为艾佐先生送来的，是儿子纳兹发给他的一封电报。

"接手一项紧急任务，预计费时较长。短期内无法返乡，抱歉！纳兹。"

艾佐先生拿着电报，将上面的短短几句话反复读了几遍，而后颓然跌坐在沙发上，似乎瞬间被抽掉了所有的力气。

纳兹不会回来了。本以为今日可以见到他，与他天南海北地畅聊一番。

"没办法，工作这么忙其实是好事啊，说明纳兹是个勤奋努力的好孩子。"

艾佐先生一面安慰自己，一面却忍不住失落。然后，不知是不是情绪所致，他感觉胸口传来一股锥心的疼痛。

事实上，近来他的身体越发衰弱。医生多次叮嘱他不可过度操劳，可是关于自己的病情，他一句也没有透露给儿子。因为儿子远离故乡，正在外面的世界打拼，他不愿意让儿子为自己的健康忧心忡忡。

艾佐先生匆匆服下药丸，悲伤地将汤盛到盘子里。

"早知那小子回不来，也就不做这么多汤了。看样子，得过好一阵奢侈的海鲜浓汤日子喽。"

说着，艾佐先生尝了一口盘里的浓汤。

"真香啊。"

艾佐先生曾经制作过无数道海鲜浓汤，这或许是迄今为止他做得最为出色的一道，有着远胜于往昔的美好滋味。

真希望能让儿子亲口尝尝。自己明明特地为儿子制作了料理，如今儿子却无缘品尝，这是多么可悲的事。

左思右想间，艾佐先生只觉越发难过。此时忽闻啪嗒一声，镶嵌着亡妻照片的相框倒在了桌上。

"怎么啦，孩子他妈也很失望吧？"

艾佐先生一面嘟囔着，一面扶起相框，刹那间瞪大眼睛。相框下竟然压着一张卡片。

这是一张两折式样的深棕色卡片，勾勒着绿色与金色的蔓草花纹。藤叶纷飞，翩然起舞。正面用银色墨水写着"十年屋"三个字，背面则是一行奇妙的文字：代

65

您保管珍贵之物。

艾佐先生露出疑惑的神情，不由得打开卡片。这一刻，他的内心充满某种念想，这念想不断催促着他，让他觉得自己有必要打开卡片瞧一瞧。

接下来发生了何事，艾佐先生着实记不大清。

一团金色的光芒倾泻而出，待他回过神来，发现自己竟已不在家中，眼前是一片陌生的街区。

然而，艾佐先生依旧从容不迫。数年前尚未退休之际，他一直在海上从事捕鱼工作，也遭遇过无数匪夷所思、难以解释的奇闻异事，其中有好几回令他毛骨悚然，以为自己必死无疑。因此，虽说眼下突然被带至陌生之地，艾佐先生却十分沉着，神情中丝毫不显惊惧。

"哈哈，这大概是某种魔法吧。看来我被魔法使邀请前来做客呢。"

他立刻便已明白那位魔法使居住在何处。就是那栋有着白色大门的房子，门上镶嵌着有勿忘草图案的彩绘玻璃窗。

整条小巷唯有那栋房子透出些许灯光。

艾佐先生大步上前，推门而入。只见里面堆满各种物品，屋子深处坐着一名男子，浑身缭绕着柔和恬淡的气息。

艾佐先生端详着男子，直截了当地道："原来如此。你便是魔法使吧？"

"没错。我叫十年屋。这位客人，欢迎光临。"

"我可不记得咱们之间有过任何交易。你为何带我来到此地？"

"请容我对您的说法予以纠正，事实上并非由我将您召唤至此，而是客人您需要借助我的力量。为此本店的招待券才会自动投递至您处，从而开启通往本店的道路。"

"我需要借助你的力量？意思是说，我得借助十年魔法？"

"是的。具体情形请至里间详谈。来，请往这边走。"

艾佐先生旋即被领到会客室，那里有只乖巧的橘色猫咪，正为客人准备茶点。

艾佐先生一边享用分量十足的巧克力蛋糕与醇厚的黑咖啡，一边听十年屋娓娓道来。不一会儿，他了然地点点头。

"我明白了，原来是这样。嗯，眼下的确有桩小事需要借助你的力量。"

"愿闻其详。不知您希望寄存何物？"

"是浓汤。我亲手制作的浓汤。"

话音刚落，艾佐先生身边便蓦地出现一口大锅。

"吓我一跳，这也是你的魔法所致？"

"是的。"

"魔法使行事还真是便利哪。"

"哪里，也有许多不便之处。话说回来，这锅汤闻着很香呢。"

"我也这么认为。它可是至今为止我做得最成功的一锅汤。原本是儿子特别爱吃的料理，我也是为了儿子才做的。"

艾佐先生继而对十年屋提及这锅汤的由来，顺道讲起自己的儿子，最后他静静地对十年屋坦言："据医生说，我的心脏出了大问题，也许随时都会病发身亡，这种事儿一点都不奇怪。我想着，这大约是我最后一次为儿子制作这道浓汤料理了。不过，我完全不知道那小子什么时候才回来，因此希望借助你的力量……贵店可以寄存任何物品，对吧？"

"是的。只要将您一年的寿命支付给我，便能寄存这锅浓汤。"

"汤不会变馊或变味吗？"

"在这间店铺，时间是停止流动的，客人们的寄存物既不会出现任何改变，亦不会遭受丝毫损伤。"

闻言，艾佐先生放下心来。如此甚好。自己支付的寿命也算物有所值。

"好嘞。那么，我就把这锅汤寄存在贵店吧。寿命也一并支付，拜托了。"

"您的委托确已收到。接下来，请在手札的这一页签下您的名字。"

十年屋将一本黑色手札与一支沉甸甸的银色钢笔递给艾佐先生。

艾佐先生不假思索地在手札上签了名，同时感觉似有什么东西从体内流出，随墨水一块儿被吸入纸页。大约那些便是自己的寿命吧。

他毫不畏惧。这道浓汤料理已陪伴他多年，原本是他父亲的拿手好菜，在他结婚那日，父亲亲自将制作方法传授给他。"从今以后，就由你为自己的家人制作这道料理了。"说话时，艾佐先生的父亲神情愉悦，他的脸艾佐先生至今仍记忆犹新。

对了，艾佐先生又想起另一件事。

"我说，魔法使先生，十年之后，这锅汤会被送到纳兹手上吧？"

"不错。十年后，本店会向令郎寄去一张取件卡，倘若令郎愿意接收，这锅汤便正式归令郎所有。"

"既是如此，我能拜托你一件事吗？"

"具体来说，是什么事呢？"

"能否请你在我儿子结婚当日，而非十年后，将这锅汤送到他手上？那小子，如今似乎正与一位姑娘交往，发展顺利的话，两人说不定会结婚吧。我希望能让那位姑娘尝尝这道料理，也想借此机会，请她多多关照我家那小子。另外，我还打算写下这道浓汤的制作方法，能拜托你将菜谱和汤一并转交给他吗？"

艾佐先生一脸认真地看向十年屋，十年屋微微一笑。

"十分乐意为您效劳。"

"真的可以吗？感激之至！"

说完，艾佐先生紧紧握了握十年屋的手。

一切交代完毕，艾佐先生便走向白色的店门，准备回家。

然而，当他握住门把手的瞬间，倏然回头，对十年屋道："我说，魔法使先生。"

"什么？"

"关于我的寿命，我想问问，接下来我还有多少时间，你知道吗？"

"我算一算。由于您支付了一年寿命，余下的日子大约还剩十四天。"

"十四天啊。"

已经足够了。艾佐先生释然地想着。

"这么多时间，完全够我准备好一切，再给儿子写一封信。"

艾佐先生微笑着喃喃自语。

魔法使的故事讲到这里便结束了。餐厅中此起彼伏地回荡着低低的哭泣声。

其中哭得最厉害的，当数新郎。

他泪流满面地站在原地，新娘陪在他身边，轻轻抚着他的背脊。

自从来到餐厅后，魔法使的猫咪始终一言不发，此刻它忽然上前一步，从背心口袋里掏出一张叠起的纸片，递给新郎。

"请收下这个。"

"欸？"

"上面记录着这道浓汤的制作方法。当日令尊将它与浓汤一道寄存在店里。"

"菜……菜谱？"

"是的。此外，令尊有话托我转告您，他说'这份菜谱是咱们家的祖传秘方，从今以后就由你来继承，学习如何为新娘制作浓汤料理'。"

"父亲他……"

泪水再次涌出新郎的眼眶。

眼看夫婿哽咽得说不出话来，新娘代替他道："谢谢你们将它们保存至今。我们这便收下菜谱与浓汤。"

"那么，我们便告辞了。"

就这样，浓汤与菜谱正式归新郎所有。

新郎决定用这道浓汤料理招待现场的所有宾客。于是接下来，每位客人的餐盘里皆分得一份番茄海鲜浓汤，新郎与新娘亦不例外。

"我开动了。"

新娘抿了一口浓汤，轻轻地叹息。

"真鲜啊。我从未喝过这么好喝的海鲜浓汤。"

"嗯，味道很不错吧？"

新郎含泪笑道。

"我很遗憾，没能亲眼见上父亲一面。"

"我也是。没能让父亲见见你，我很抱歉……不过，之前你说希望尝尝父亲亲手做的浓汤料理，眼下这心愿总算实现了。"

这一切多亏了魔法使与父亲。新郎说着，舀了一勺浓汤送入口中，随即闭上眼睛，仔细品味着汤汁的浓郁鲜香。

"……没错，这的确是父亲亲手制作的浓汤。能够重新品尝它，真是太好了。"

"嗯……父亲想得真周到，还留下菜谱给我们。以后我会照着学习，做给你吃。"

"期待你的浓汤料理。"

新郎与新娘相视一笑。

不知何时,魔法使与他的执事猫已静静地消失了。

4
嫉妒的假面

不甘心。不甘心。

娜米被疾风骤雨般的狂怒情绪所捕获，心跳如擂鼓，整颗心也险些跃出胸腔。

为什么选中的是她？那个角色属于我，本应由我饰演才对。

娜米今年十七岁，就读于某所历史悠久的名门女子学校，是该校高中部三年级的学生，也是戏剧社团的一员。

初中时她便加入学校的戏剧社团，自那时起一直醉心于舞台表演。每当站在舞台上，她都能感受到巨大的喜悦、紧张，以及被观众专注凝视时心里莫可名状的激昂。她非常乐意彻底融入某个角色。

最初，娜米只能扮演一些无足轻重的龙套，随着演技的提升，她渐渐也能接到一些精彩的、引人注目的角色。没错，这是因为她的实力获得了大家的认可。

校园开放日活动上，戏剧社团总会依照惯例表演一些剧目。由于具备较高的演出水准，社团的剧目吸引了不少剧团及演艺界人士专程前来观看。他们的目的唯有一个，从中发掘未来之星。而一旦获得他们的青睐，年轻的表演者便有机会登上更加广阔的舞台。

为此，娜米对本次剧目的主角志在必得。她坚信自己拥有与之匹配的实力。剧目名为《暗夜蔷薇》。这是一个奇幻故事，讲的是原本属于暗夜世界的贵公子，戴着假面混入人间，结识形形色色的人类，随之上演的一系列奇闻异事。

整个表演过程中，贵公子一角始终戴着面具，表情深藏不露，必须通过演技传达角色内心的情绪波动。尽管如此，依然需要演员赋予角色某种非凡超然的气质。

娜米十分有信心扮演这个复杂且难度极大的角色。事实上，在一年前的一场小型发布会上，她便小试牛刀，饰演过这位暗夜贵公子，并且收获观众的好评，连老师也对她夸赞不已。因此她相信，这一回，这个角色也非自己莫属。

角色公布当日，娜米怀着满心期待，走进社团活动室。

没想到，社团指导老师却宣布了一则出人意料的消息。

"暗夜贵公子的角色，由亚罗罗饰演。"

喧哗声四起。

亚罗罗是高一新生，进入戏剧社团不足半年，声线高亢，演技可圈可点。然而，大家一致认为，面前的她绝不是暗夜贵公子的最佳人选。

暗夜贵公子拥有普通人难以企及的领袖气质，魅力非凡，而亚罗罗个子小小，面庞桀骜，相比之下，显然是身材高挑、举止优雅的娜米更为适合。

令人难以置信的是，老师竟让娜米扮演"神话部族的吟游诗人"。这个角色不可谓不重要，但并非主角。

娜米脸色铁青，却隐忍着一言不发。

既然如此，她便等着看亚罗罗的笑话好了。老师也好，亚罗罗也罢，很快便会明白一个事实，那就是亚罗罗根本无法胜任暗夜贵公子一角。到那时，娜米决定毛遂自荐："请让我试试。"

可是……

娜米的愿望落了空。排练时，亚罗罗便向大家展示出惊人的演技。

那个毫不起眼的亚罗罗，粗枝大叶的亚罗罗，一旦戴上假面，竟像变了一个人。她的语调令人畏惧，娇小的身体酝酿出异样的存在感，并且魄力十足，与暗夜贵公子如出一辙。

谁说她的实力不足以饰演贵公子？毫无疑问，这姑娘是迄今为止所有饰演暗夜贵公子的学生里，天分最高的一个。

大家对亚罗罗的演技赞不绝口。当着社团成员的面，娜米假意拍手称赞，实则怒火中烧。

方才的表演的确传神，也着实动人心魄，但是，娜米无论如何都没法相信亚罗罗具备如此实力。

娜米心底犹如盘踞着一条毒蛇，执意想要揪出亚罗罗的不足之处。在她日复一日徒劳无功地找碴挑刺里，校园开放日到来了。

那日清晨，娜米第一个走进戏剧社团的准备室，不情不愿地换上吟游诗人的戏服，她忽然注意到一旁的暗夜贵公子假面。

那是一张由银色与黑色装饰而成的美丽面具，早在娜米他们尚未就读这所学校时，便已是戏剧社团的演出道具。据说它制作精良，由社团前辈代代相传，保留至今。

曾经的某个时刻，它也属于自己。娜米满心以为，迟早有一天，它会再次变成她的所有物，不料如今却异常遥远。她完全想不明白，明明此刻它就在自己触手可及的地方。

娜米不由自主地拿起假面，目不转睛地凝视着。仔细一瞧，这张假面越发妖艳魅惑，仿佛寄宿着灵魂。

啊，我明白了。

娜米终于察觉到一个"事实"。

是假面的力量。戏剧社团的历代王牌都佩戴过这张面具，为此它也具备了某种灵性，一定是它将力量借给亚罗罗，让她得以顺利扮演暗夜贵公子。只要没有这张假面，亚罗罗就无法扮演暗夜贵公子了。

娜米的心底猛地蹿起一个阴暗的想法。她垂头怒视着手中的假面，眸子里闪烁着异样的光彩。

这个角色原本便是我的，戴上它的人也应该是我。

既然无法成为我的东西……那么其他人也妄想染指！

内心深处的呐喊仿佛要从胸腔中喷涌而出，恰在此时，娜米感觉有什么东西落在地上。

她俯下身一瞧，原来是一张两折式样的深棕色卡片。怎么回事？娜米有些好奇，不由得心跳加速，莫名雀跃。

待她回过神，手已不听使唤地拾起卡片，迅速打开。

刹那间，一团金色的光芒包裹着她，将她带到另一个场所。

面对突如其来的状况，娜米焦灼不安。

自己为什么会来到这里？刚才不是还在社团准备室吗？此时此刻，映入娜米眼帘的只有一片沉沉的雾霭，它吞噬掉所有的声响与颜色，为街景染上一层灰白。啊，她得尽快赶回学校，趁着演出还未开始，必须尽快赶回去。虽然她一点也不想饰演吟游诗人，但这并不表示她愿意扔下自己的角色。她得想个办法及时赶回去。她命令自己冷静下来，旋即深吸一口气，打算搞清楚这里究竟是何处。

娜米径直走向眼前的一栋房子，只因周遭昏暗，唯有它透出些许灯光。

有人在里面。唉，无论是谁都好，她迫切地需要对方告诉自己这里是什么地方。

走进这栋房子她才发现，里面宛如一个古董市场，堆满了各种陈旧的、废弃的物品。屋子深处，一名魔法使仿佛对娜米恭候多时。

这位魔法使拥有一双琥珀色的眼瞳，脖子上系着薰衣草色的领巾。他说自己叫"十年屋"，并且将娜米称作"客人"。

"客……客人？你是在叫我吗？"

"没错。您既已来到本店，无疑便是我家的客人。不用客气，请至里间详谈。我家执事猫刚巧烤了些点心。咱们不妨边吃边谈，如何？"

娜米恍若置身梦境，禁不住接受了魔法使的邀请。

店铺深处的会客室里，有一位模样乖巧的猫咪执事。看见娜米，它彬彬有礼地对她打招呼："欢迎光临。"娜米瞪着猫咪，听见它的声音，越发困惑不已。

这果然是梦吧。尽管至今为止，她从未在梦里保持如此清晰的意识，不过，要说这是现实，她无论如何都不相信。

可惜，不管身处梦境抑或现实，盘踞在娜米心中的阴暗想法始终不曾消失。即便她拿起一块香甜松软的蜂蜜馅饼送入口中，它也仍旧纠缠着她。

眼看娜米坐立不安地吃着馅饼，十年屋开口道："这位客人，您似乎遇上了一些烦心事？不知您究竟想扔掉什么，抑或希望寄存什么？"

"希望寄……寄存？"

"是的。在本店，客人能以一年寿命作为交换，将自己的重要之物、不愿扔弃之物，或是暂时想要放弃之物寄存起来，为期十年。眼下，您会来到此处，表示确有类似物品希望寄存，对吗？"

娜米的脑海中立刻浮现那张暗夜贵公子的假面。下一刻，假面仿佛回应她似的出现在桌上。

十年屋端详着假面，并未在意娜米的满脸惊讶。

"原来是这张假面。看起来很美，不过似乎给人一种奇妙的压迫之感。"

娜米猛地回过神，机会来了。

这里是魔法使开设的店铺，按照他的说法，客人能够寄存任何物品。那么，她应当可以把假面寄存在店里。

但为此她必须撒一个小小的谎，以便说服魔法使保管假面。不，那可算不上撒谎，不过讲个故事罢了。

娜米飞快地思索着，即兴编出一个自认为颇具说服力的故事。她深深吸了口气，道："这是诅咒的假面。"

"诅咒？"

"没错。它是我家的祖传之物……我外婆的外婆，名唤亚罗罗，是一位才华横溢的女演员。但她时运不济，始终没能饰演任何女主角。那时候，某位魔法师来到她面前，赠予她一条项链。他告诉外婆的外婆，只要戴上项链，无论何时都能成为女主角。于是，外婆的外婆依照他所言，果然实现了心愿。"

"那之后呢？发生了什么？"

一旁的猫咪执事忽然插嘴道。它圆溜溜的眼睛瞪得老大，好奇地探过身子询问娜米。

它的疑惑令娜米备受鼓舞，她巧舌如簧地继续编着故事："后来，亚罗罗成为一名颇受欢迎的女演员。某天，魔法师再次出现，开始伴随亚罗罗左右。他大约很喜欢她。虽说亚罗罗对魔法师心存感激，却绝无爱意。在日复一日的相处中，她甚至对他产生了厌恶之情。面对难

以讨好的亚罗罗，魔法师怒不可遏，这女人分明依靠他的力量成为人气女演员，却不懂得知恩图报，简直是只白眼狼。魔法师再次动用术法，制作了一张美丽的假面。"

娜米指了指桌上的面具，说魔法师制作的那张美丽假面便是它。

"魔法师诱骗亚罗罗，热切推荐这张新的假面，并说只要戴上它，她将变得更加漂亮、更加夺目。浅薄无知的亚罗罗败给了自己的野心，顺从地戴上面具。"

"她不是很讨厌魔法师吗，为什么这么听话？"

"没错，哪怕对方是自己厌恶之人，她也乐意收下他的礼物。正是这种贪念摧毁了亚罗罗。戴上假面的瞬间，亚罗罗的容颜迅速衰老，满身芳华被假面吸收殆尽，年华亦随之老去……看着不停哭喊的亚罗罗，魔法师嘲讽道，这张假面是我送给你与你们一族的礼物，你们可千万注意了，别让族里再次出现想要戴上它的姑娘。说完这话，魔法师便消失了。"

"于是，诅咒的假面就这么传了下来？"

"嗯。族人曾经尝试扔掉或是毁坏它，皆以失败告终。据说，最后只好将它锁进箱子，藏在阁楼上。尽管如此，族中依旧有姑娘因着某种机缘发现它的存在，而那些姑娘全都……"

"都……都怎么了？"

"你瞧，这张假面是不是非常漂亮，魅力十足？只要看上一眼，便忍不住拿来戴上。然而，这一行为必会引发灾难。比如被划伤或是遭遇严重的烧伤，无一例外地，遭殃的都是姑娘们的脸。"

娜米语气沉重，声音颤抖，因为恐惧而不停眨着眼睛，视线亦从假面上移开。这明明是她即兴编造的故事，是她自己创作的故事，却让她感觉前所未有的真实。

"一周前，我和妹妹在外婆家的阁楼上发现了这张面具。我……万幸的是，我从未想要戴上它。然而妹妹与我不同。她完全被这张假面迷住了。尽管外婆与我费尽唇舌，她依然紧紧抓着假面不肯松手。虽然她对我们保证，自己绝不会戴上它，可我根本不信。我一心想要让它远离妹妹，脑海中刚冒出这样的想法，人便来到了这里。"

讲述完毕。娜米觉得，自己为这个故事画上了完满的句号。

她十分满意地看向十年屋，随即微微吃了一惊。十年屋神态自若，与方才别无二致。那双琥珀色的眼瞳里盛满安静祥和的光，表情深不可测。倒是他身旁的执事猫对娜米的故事信以为真，打心底感到害怕，尾巴也吓得竖起来，犹如一把清洁刷。

　　魔法使不为所动的模样，让娜米的内心涌起一股苦涩的挫败之感。然而，事已至此，她不能退缩。于是，娜米决定继续扮演一位关心妹妹的好姐姐。

　　"拜托了。我想帮助妹妹。照这样下去，那孩子绝对会戴上面具的。无论如何，我也不允许她再碰这张假面。可……可以将它寄存在贵店吗？"

　　"让我想想，该怎么办才好呢？"

　　十年屋不慌不忙地双手交叉于胸前。

　　"原则上说，本店只能寄存客人自己的物品。从方才的故事来看，我感觉这张假面并非您的所有物……它并非您的物品，对吧？"

　　迎着魔法使锐利的目光，娜米险些泄气，可她依旧固执地坚持着。

　　"确……确实，它不是我的东西，而是我擅自从外婆家带出来的。但我之所以这么做，都是为了帮助妹妹。我……我想不出其他办法，即便如此，也不可以将它寄存在店里吗？"

"……况且，您需要支付一笔酬劳。如我方才所说，您得用一年的时间交换，所谓时间，指的便是您自身的寿命。您认为，这张假面的确值得您为它付出一年寿命吗？请您好好考虑，想一想它是否拥有这样的价值。"

"只要能够寄存，我愿意支付寿命。"

娜米坚定地回答。她甚至已经预见接下来即将发生的事了。

假如发现丢失了假面，亚罗罗肯定惊慌失措，说不定还会哭嚷自己无法饰演暗夜贵公子。而一旦失去主角，剧目便无法上演。就在大家进退两难之际，娜米挺身而出，对他们说："我已经记住暗夜贵公子的台词，哪怕没有假面，我也能够饰演。"听到这话，大家一定会将娜米奉为英雄，对她顶礼膜拜。

如此一来，暗夜贵公子的角色便会真正归娜米所有。她相信，即便不佩戴那张假面，自己也有十足的把握成功饰演暗夜贵公子。她的演技将折服更多的人，"娜米"

这个名字也将华丽地留驻在戏剧界。为此，她甘愿支付一年的寿命。

娜米并不认为自己有任何损失。

她的决心似乎传递给了十年屋，他不再劝阻，利索地递过黑色手札，示意娜米在契约书上签字。

书写时，娜米感觉自己的寿命正缓缓流入手札之中。心底并非毫无畏惧，但是，她很快对自己说道，我才不会后悔。

娜米看向十年屋。

"它将在贵店寄存十年吗？"

"是的。即便未满十年之期，客人依然能够前来取回，届时我将原物奉还。"

"……太好了。"

娜米松了口气，立刻想起自己必须赶紧返回学校。

这个时间，社团成员差不多已经到齐，开始为各自的角色做准备。好不容易处理了那张假面，倘若自己不在现场，着实说不过去。

"我得回去了。请问用什么方法才能回去呢？"

"别着急，穿过入口那扇门，自然便能回到您来时的地方。"

"太好了。那么，我这便告辞了。再见。"

娜米神色慌张，正欲朝店门奔去，却瞥见十年屋笑得意味深长。这笑容令她有些在意，她不由得停下脚步，问道："怎么了？我……看起来很奇怪吗？"

"哪里，没这回事。"

"那你为何笑成这样？"

"我觉得您是一位了不起的演员，而且如此会讲故事，今后不妨尽力发掘这方面的才能。"

"……"

娜米只觉脸上的血色褪得干干净净，然而那苍白似乎只维持了一瞬，她很快感到脸颊发烫，像是立刻便会燃烧。

他察觉了。自己编造的故事竟被这名男子一眼识破。真丢脸，真不甘心。她再也不想看见这位魔法使了。

娜米默默跑向店门，飞奔而出，顷刻间回到戏剧社团的准备室。

准备室里早已聚集了不少社团成员，有的在换衣服，有的在戴假发，有的在化妆，有的在为演出做准备活动。

不知哪个姑娘注意到了娜米，冲她道："娜米，你居然也会迟到，真是稀奇。"

"嗯，我睡过头了。"

娜米随便找了个借口糊弄对方，左顾右盼地搜寻着亚罗罗的身影。

在那里。她已穿上漆黑的戏服，戴着银色假发，正不停地四下打量。她在寻找那张假面。眼看亚罗罗的脸色逐渐苍白，娜米感觉畅快极了。

不一会儿，大家纷纷察觉到了亚罗罗的异样。

"亚罗罗，你怎么啦？"

"在找什么东西吗？"

"那……那张假面不见了。"

"假面是……暗夜贵公子的面具？不会吧？"

"我记得昨天的确把它放在这里的……"

"这下糟糕了。大家听我说！亚罗罗的假面不见了，请大家帮忙找一找！"

社团成员立刻展开行动，四处寻找假面。所有人都很清楚，那张假面是今日演出时最为重要的道具。为了掩饰自己，娜米也假意拼命地寻找。

结果当然是哪里都找不到。此刻，大家的脸色变得与亚罗罗一样苍白。

"怎……怎么办？"

"你问我，我怎么知道？总……总之，没有那张假面的话……"

"可是，马上就轮到我们表演了吧？"

"可以用别的假面代替吗？那……那啥，咱们不是还有假面舞会上使用的面具吗？"

"这怎么能行？那面具完全不符合暗夜贵公子的气质！"

随着时间的推移，大家越发紧张不安，娜米看向亚罗罗。

好了，请发表你的高见吧，亚罗罗。说你失去了假面，无法饰演这个角色。说你做不到。你完全可以这样呢，没关系，没有人会责备你。因为在此之后，我会告诉大家，把这个角色交给我。快，快说呀！

没想到，亚罗罗镇定自若地对大家说道："既然找不着假面，那也没有办法，就用那张红色的面具吧。"

"你不会在开玩笑吧？"

"怎么可以戴那张面具！"

"不要紧。我们肯定能行。"

亚罗罗坚定沉稳的语气，抚平了大家心底的不安。

啊，既然主角都这么说了，那就一定没问题。

这一刻，娜米十分清楚，姑娘们不再如先前那般惊慌失措。

不可以！

怎么会变成这样！

戴着红色假面的暗夜贵公子？这也太荒谬了！亚罗罗！你真是个坏心眼的姑娘！为什么不肯老老实实地承认自己做不到呢！暗夜贵公子还轮不到你来饰演！不该由你饰演！

然而这些话，她一个字也不能说，只好通通埋在心底。

戴着愚蠢的红色假面登场的亚罗罗，想必十分滑稽。到时候，她可千万别出丑才好。娜米暗暗在心中祈祷着，希望亚罗罗表演失败。

这个想法如同咒语，在她的心中挥之不去。她一边诅咒着，一边穿上吟游诗人的戏服。

就这样，姑娘们登上了表演的舞台。

沙沙沙沙，钢笔流畅的书写声从纸面传来。伴随笔端的墨香，文字在稿纸上化作行云流水般的线条，组合为章节，进而构成整个故事。

第二章完成后，娜米长长地松了口气。她放下钢笔，伸了伸懒腰。

她打算休息片刻，今日已持续工作两个多小时，手指僵硬。好在写作过程颇为顺利。照这进度来看，或许今晚便能写完第三章。此刻，关于这个故事的种种细节，依然不停涌现在脑海，她感到非常快乐。

娜米微笑着想，换作十年之前，她绝对无法想象今日的一切。

娜米今年二十七岁，是一名靠写作为生的职业作家。四年前她出版了自己创作的童书，不料一举成名，成为颇受读者喜爱的人气作者，这件事令她格外开心。目前，她独自一人住在舒适的小公寓里，与钢笔、稿纸为伴，日日沉浸于自己编织的故事中，生活异常充实。

"接下来，喝杯咖啡放松一下吧。"

娜米起身走去厨房。路过玄关时，她发现门缝里夹着一封书信。邮差似乎来过，并且好心地没有打扰她。待看清信封上的寄件人姓名，娜米大吃一惊。

苏伊·吉欧？不会吧，难道这封信真是那位声名远播的表演艺术家苏伊·吉欧寄来的？

娜米慌忙拆开信封，取出信纸，一目十行地读起来。倏然之间，她的脸色苍白如纸。对方在信中这样写道：

"娜米·弥恩斯小姐，您好。初次给您写信，请见谅。我叫苏伊·吉欧，是一名舞台剧演员。今次冒昧致信，原因无他。我们期望能于明年将您的新作《月之猫》改编为舞台剧，此外考虑邀请新锐女演员亚罗罗·古德拉担任主演。诸般叨扰，万望采纳，衷心期待与您的合作。苏伊·吉欧。"

亚罗罗·古德拉。娜米始终记得这个名字。它的主人曾与自己同校，是自己的后辈。

几乎在一瞬间，这名字勾起了她关于往昔的种种回忆。她的思绪不禁回到十年前那场舞台表演。

仅从结果而言，那场表演无疑大获成功。戴着红色假面的亚罗罗向观众展示出前所未有的魄力，征服了在场所有人的心。

她卓绝的演技令娜米不寒而栗，并且充分意识到自己的浅薄无知。

就演技而言，自己与亚罗罗根本不在一个等级。与假面毫无关系。亚罗罗具备真正的实力，足以让她闪闪发光地挺立于舞台，将观众吸引到故事中去。

她输了，她意识到自己根本就不是亚罗罗的对手。娜米被这一事实击溃，当日便决定退出戏剧社团。她拿不出像样的演技，又在嫉妒的唆使下，做了一件卑鄙无耻的事。她已失去与亚罗罗站在同一舞台上的资格。

可她非常痛苦。

她知道，这是因为自己的心底始终住着一个不可理喻的恶魔。也许它时不时便会显露身姿，而她甚至无法向任何人倾诉。

某天，怀着苦涩难言的心情，娜米将心底的恶魔诉诸笔端。故事写完后，她总算获得些许平静。

从那以后，她逐渐习惯将心中的言语化作文字，又将文字串联成章，编织为一个完整的故事。

就这样，娜米踏上了通往作家的路途。

处女作出版后，娜米鼓足勇气，前去观看亚罗罗的舞台表演。

当年的舞台剧使得亚罗罗的演技备受瞩目，某家一流剧团旋即向她抛出橄榄枝。加入剧团后，亚罗罗成长迅速，如今已是业内知名的实力派女演员。

哪怕坐在观众席最后一排，娜米也能清晰目睹亚罗罗的精湛表演。娜米红着眼眶，在心中暗暗思忖，很好，这姑娘一直站在舞台上，总是如此光彩耀人，她的人生没有被自己毁掉，真是太好了。

自那以后，每逢遇上亚罗罗的演出，娜米必然一场不落地前往观看，毫不吝啬地给予她掌声与赞美。但凡报纸上刊载有亚罗罗的相关报道，她都仔细阅读，并剪下贴在记事本上。

这些事她从未告诉任何人。在剧场里，为了避免被亚罗罗察觉，她也总是选择观众席最后一排的位子，待表演结束，便匆匆离开剧场。

她无颜面对亚罗罗。她没有资格。

诸如此类的想法始终萦绕在娜米心头。

然而，倘若《月之猫》正式被改编为舞台剧，作为原作者，她或许不可避免地要与亚罗罗碰面。要去见亚罗罗吗？绝无可能。事到如今，她有什么颜面站在那姑娘跟前？

娜米打算回绝信中的请求。

自己绝不可以再与亚罗罗有所牵绊。她能做的，不过是站在阴影里悄悄祈祷亚罗罗能成功。

娜米叹了口气，打算将信纸塞回信封，忽然发现信封里还有一张纸片。

这张两折式样的深棕色卡片，与她从前见过的一张长得一模一样，后者是当年魔法使寄给她的招待券。

果然，这张卡片的寄件人处写着"十年屋"的字样。

娜米迫不及待地读完卡片上的文字。上面说，十年寄存期已满，希望她亲自前去店铺取回寄存物品。若无意取回，请在卡片上画下一道×印。

娜米心跳加速，一声一声宛如轰鸣。仔细想想，与其说，那张假面始终寄存在魔法使的店铺，被她置之不理许多年，不如说，她是因为不愿再面对那位魔法使，而刻意将寄存假面之事抛至脑后。

它是娜米的罪证，是她对亚罗罗的恶意与嫉妒。这些东西，如今的她再也不需要。

娜米拿起钢笔，正欲在卡片上画下 × 印，却倏然回过神来，这样做岂非与逃避无异？

这十年里，她一直对许多东西视而不见——对亚罗罗视而不见，对自己的弱点视而不见。

然而，娜米心底的伤口始终未曾愈合。她的自尊被她划得伤痕累累，至今依旧淌着耻辱与罪恶的鲜血。

十年光阴如流水逝去。娜米早已成为一个懂事的姑娘。如今，正是她直面自己耻辱的最好时机。

为此，她必须取回那张假面。它原本便为学校的戏剧社团所有，是当年属于亚罗罗的东西。娜米决定将假面还给亚罗罗，再坦率地告诉她，那时的自己究竟做了什么。

或许得知真相后，亚罗罗会怒不可遏，会轻视她，会冷冷地对她说："你真可恶。"不过，这些都没关系。娜米愿意接受亚罗罗的一切情绪反馈，这是对她的惩罚，也是对她的疗愈。

"必须……勇往直前。"娜米深吸一口气，为取回假面，打开了手中深棕色的卡片。

5

小偷的人偶

德鲁是个粗鄙的小混混。

孩提时代，他便做尽坏事，譬如撒一些小谎，从别的小孩手里骗走玻璃弹珠或点心，甚至偷盗行窃。

今年他已四十三岁，能够面不改色地撒下更大的谎言，绞尽脑汁地盗取黄金、宝石等贵重物品。

需要特别说明的是，德鲁是发自内心喜欢做这些事。他乐于欺骗那些善良之人、弱小之人，看到他们为难的模样，内心便极其畅快。坏事做得越多，他越感觉自己了不起。

当然，他对此毫无悔过之心，也从未觉得丢脸。他辗转于各个小镇，四处犯下欺诈、盗窃的罪行。

某日，德鲁来到一座陌生的城镇。

这里的氛围悠闲恬适，房子修建得还算别致。路上行人的衣着虽不够高雅，却也大方得体。

这座小镇真不错，德鲁满意地想着。镇民看起来勤勤恳恳，努力工作，认真赚钱，最重要的是他们善良好骗。嗯，接下来就去某户人家里转转吧。从哪家开始骗起呢？

德鲁漫无目的地在街上闲荡，寻找猎物。不一会儿，他便在公园里意外发现了自己的目标。

一个小姑娘正坐在草坪上玩过家家游戏。她在面前摆了几只盘子，用来招待自己的人偶客人。德鲁迅速盯上了其中一只人偶。

二十多岁时，德鲁曾在古董商的店铺里打杂，练就了一副鉴别古董的好眼力。此时，他一眼看出那只人偶出自传说中的玩偶匠人茜茜·塔恩特之手，绝不会有错。

茜茜·塔恩特于十年前去世，生前制作过不少玩偶，也出版过许多绘本。她的作品具备难以形容的奇妙魅力，甚至有传言说，茜茜·塔恩特其实是一名魔法使。

而且，她的作品中必然会用到蓝色元素。被称为"茜茜之蓝"的这种色彩，会从柔和的水蓝色过渡到深邃的群青色，被视为茜茜·塔恩特作品的特质。

眼下，这只被小姑娘用来玩过家家游戏的人偶，它的头发便呈现茜茜之蓝，沐浴在日光下，闪烁着忽浓忽淡的光泽。

一定要将那只人偶弄到手。德鲁舔着嘴唇，贪婪地想。幸运的是，对方只是一个孩子，很容易上当受骗。

待四下无人时，德鲁吸了一口气，张皇失措地跑到小姑娘身边。

"喂，喂，小姑娘！大事不好啦！你家着火了！快些回家去吧，快！"

闻言，小姑娘吓了一跳，眼睛睁得圆圆的。

"我家着火了？"

"没错！你的家人受了伤，正等着被送去医院呢。你也得一块儿过去，听叔叔的话，快些回家去吧。"

"好……好的。"

小姑娘手忙脚乱地开始收拾，将玩具一件件放进身边的篮子里。那只人偶可不能让她带走。于是，德鲁故意冷声戏谑道："家人陷入这么大的危险，你还有心情理会那些玩具？真是过分呀，小姑娘。"

这般轻蔑的语调带来立竿见影的效果。小姑娘红着脸，扔下所有的玩具，飞快地跑掉了。

德鲁放声大笑，拾起地上的蓝发人偶。

这人偶看起来已经非常古旧，显然陪伴了孩子很长时间。不过，那头茜茜之蓝的长发依然鲜艳，赋予人偶不可思议的气质。它五官精致、四肢纤长，仔细看去，背脊上竟还长着一对剔透的翅膀。

原来是精灵。这是一只精灵模样的人偶。

目标顺利到手，德鲁掩饰不住满心的喜悦，将人偶藏进怀中。他已决定将这只人偶卖给谁。

"戈拉夫人一定会高价买下它的。"

作为邪恶世界的女王，戈拉夫人素来声名在外。众所周知，她还是一名茜茜·塔恩特作品的狂热收藏者。

德鲁急忙朝戈拉夫人的住所赶去。他换乘好几趟列车，轻车熟路地拐进某座大都市的一条小巷。

这条巷子是繁华都市的暗影。四下光线昏暗，泛着令人作呕的潮湿恶臭。无所事事徘徊在巷子里的，净是恶棍、莽汉，以及背叛者之徒。

一路上，德鲁被那些品行不良的混混数度纠缠，但只要他扬言"我有要事找戈拉夫人"，他们便惊慌失色地作鸟兽散。在这里，戈拉夫人的恐怖性情尽人皆知。

经过一番周折，德鲁总算抵达一座巍峨的建筑物前。

这里是戈拉夫人的宫殿。侍卫听说他带着茜茜·塔恩特的作品，二话不说立刻放行。

仅从这座宫殿的外观来看，人们绝对无法想象殿内的装潢竟是如此豪华。

墙上的壁纸格外花哨，描着红色与金色的蔷薇花；天花板下悬挂着翡翠绿的枝形吊灯；地板上摆放着坐垫；巨大的座钟上镶满各色宝石，一旁陈列着珍禽异兽的标本、美丽的黄金雕像。毫无疑问，这里的每件物品都价值连城，令人瞠目结舌。

值得注意的是，这些昂贵的宝物之中混有数只银盆，盆里的糖果、巧克力堆积如山，此外还能看到蛋糕与饼干。这个收藏着糕点与闪亮宝物的地方，形同一座巨大的游乐场，又像一间备受孩童喜爱的玩具屋。

戈拉夫人的内心一定住着一个小女孩。这个孩子贪婪、残忍，并且毫不留情。

德鲁坐在椅子上一动也不动。自从踏入宫殿，他便小心翼翼，尽量不让自己触碰周遭的任何宝物，当然也不敢擅自偷吃银盆里的糕点。

德鲁熟知有关戈拉夫人的一切黑暗传说。比方说，曾经有个男人未经戈拉夫人许可，偷吃了她的酒心巧克力，戈拉夫人旋即剁下他的十根手指。

听起来像是玩笑，可德鲁认为一切都是真的。毕竟男人招惹的是戈拉夫人。

想到这里，德鲁禁不住直冒冷汗。

或许自己不该来到这里。

他的心里有些后悔。恰在此时，里间的大门被人打开，一个丑陋的老女人出现在门口。

就外表看来，戈拉夫人似是十分爱惜自己。她手中握着巨大的棒棒糖，身穿缀满繁复花边与宝石的连衣裙，褪色的头发则用镶满钻石的粉色蝴蝶结绑起来。她的十根手指分别戴着款式各异的戒指，指甲长长，涂着彩虹色的指甲油。

一般而言，这样的装束会令人感觉十分滑稽。然而对方是戈拉夫人，看到她的人只会心生畏惧。

被戈拉夫人狠狠瞪了一眼，德鲁瞬间像只发条人偶一般从椅子上弹起来。

"夫……夫……夫人，您好。"

"没什么好不好的。被你打断了下午茶，我的心情

糟着呢。"

"对……对不起。"

"算了，懒得和你计较。你是德鲁吧？那个撒谎成性的家伙。"

"您是说……我吗？"

"嗯，我听说过你。不就是一条只会在街上招摇撞骗、一无是处的害虫嘛。原本我是不屑让你这样的混混踏进我家的……但是，既然你说带来了茜茜·塔恩特的作品，那就另当别论了。"

戈拉夫人得意地笑了，咧开鲜红厚实的嘴唇，露出满口蛀牙。

看着瑟瑟发抖的德鲁，戈拉夫人用撒娇般的声音道："那东西在哪儿？拿出来让我瞧瞧。"

"是……是。"

德鲁忙从怀中掏出人偶，向戈拉夫人走去。每靠近她一步，他便闻到从戈拉夫人身上飘来的香水味又浓郁了几分。由于味道太过浓烈，闻起来十分刺鼻。

为了避免自己打喷嚏，德鲁拼命屏住呼吸，总算将精灵人偶交给了戈拉夫人。

"嗯，让我瞅瞅。"

戈拉夫人取出嵌着红宝石的放大镜，仔细地观察人偶。

在此期间，德鲁简直怕得要死。

假如那只人偶并非茜茜·塔恩特的作品，狂怒的戈拉夫人必定会将他大卸八块。不，没问题的。除了茜茜·塔恩特，世间又有谁能够创造出那般不可思议的美丽蓝色？一定没问题的。你得相信自己的眼力，德鲁。

德鲁一遍又一遍在心底安慰自己。

过了好一会儿，戈拉夫人抬起头，看向德鲁，眸子里闪烁着冰冷的光芒。

"没错，这的确是茜茜·塔恩特的作品。然而，还不够哦。"

"不够？"

"这只人偶是茜茜·塔恩特的第二百零三号作品。这第二百零三号作品呢，原本另有一只独角兽布偶与精灵人偶配对。也就是说，要集齐两只玩偶才算一套完整的作品。唉，废物带来的东西果然只是半成品。"

听着戈拉夫人的嘲讽，德鲁不由得紧紧缩成一团，状如跳蚤。

"对……对不起……小……小的这便告辞。"

"你等等。我可没说不买。不过，只有这么一只人偶可不行。接下来，你立刻给我寻找那只独角兽布偶。放心，我会买下它们的，以你绝对想象不到的高价。"

"可……可是，小的该到哪里去寻找那只独角兽布偶呢？"

"这种事我怎么知道？总之，我想要集齐一整套。据说，只要将精灵人偶放在独角兽布偶的背上，两只玩偶就会被注入灵魂，独角兽布偶会绕着主人飞来飞去，而精灵也会唱出动听的歌谣。我啊，就想看到这样的场景，也想听精灵唱歌。"

戈拉夫人双眼放光，露出垂涎三尺的表情，犹如从童话故事中走出的巫婆。德鲁几乎想直接昏过去。

"没关系的，既然你连精灵人偶都能找到，想必也会找出那只独角兽布偶。我对你甚是期待，撒谎精德鲁。给，这只精灵人偶姑且还你。等集齐两只玩偶，立刻就能验证它们是不是真品。"

说完，戈拉夫人将精灵人偶还给了德鲁。

好极了，德鲁暗自在心中拊掌称快。他要把这只精灵人偶卖给别的藏家，应该能够大赚一笔。然后，他就带着钱远走高飞，逃到戈拉夫人再也找不到的地方去。

可惜，戈拉夫人似乎早已看透德鲁心底的小算盘，用令人毛骨悚然的嗓音呢喃般说："你该不会想把这只人偶卖给其他藏家吧？"

"不，怎……怎么会呢，小的绝不敢动这样的心思。"

"说得也是。既然带着它来找我，从你踏进我家的那一刻起，就只能将它卖给我。"

"……"

"啊，还有一点，我可不想等太久。礼物呢，自然是拆得越早惊喜越多。巧克力也好，蛋糕也罢，都是新鲜出炉的最美味。你这家伙笨手笨脚的，我便特别宽限一个月。在这一个月内，你必须找到那只独角兽布偶。如果耽误了时间，我会让你受到应有的惩罚。你听明白了吗？"

"听……听明白了。"

"那就好。你快走吧。"

说完，戈拉夫人像驱赶野狗似的挥了挥手。

德鲁失魂落魄、跌跌撞撞地走出戈拉夫人的宫殿。他感到一阵茫然，不知接下来该去哪里，以及怎样去，脑子被独角兽布偶与戈拉夫人的话填得满满当当。

独角兽布偶，必须在一个月内找到它。戈拉夫人的笑容，她的锯齿状蛀牙，她的口水。啊啊，他无比渴望找到独角兽布偶，无论如何也要找到！否则，真不知自己会是怎样的下场。

德鲁心情糟糕透了，忍不住趴在地上呕吐。模样凄惨，涕泗横流。早知如此，他便不该来找戈拉夫人。都怪自己利欲熏心，以为能凭这只精灵人偶发一笔横财。唉，他怎么这样愚蠢呢。

德鲁悔不当初，再次站起身时，发现自己置身一个完全陌生的场所。

这里与方才那条都市后巷有些相似，光线薄暗，人迹罕至。然而，整条街道十分干净，闻不到一丝恶臭，缥缈的雾霭浮荡在半空。周围并立着许多房子，唯有一栋透出些许亮光。房子的大门上刻着"十年屋"的字样。看来，这里是一家店铺。

德鲁手脚麻利地上前，透过门上的玻璃窗窥探店铺里的情形。

"古董铺？"

眼前堆积如山的古旧物品，让德鲁禁不住这样想着。它不大像店铺，更像一座仓库。

里面似乎没什么了不起的东西，德鲁不屑地哼了一声，打算掉头离去。就在这时，他的眼角仿佛掠过一道蓝色的光芒。

该不会是……

德鲁慌忙朝店内看去，随后险些大叫出声。

在一个破损的罐子和一台缺了螺丝钉的坏掉的留声机之间，夹着一只肮脏的白马布偶。白马额头上长着蓝色的兽角。不会有错，这的确是茜茜之蓝。

德鲁的心脏激烈跳动，犹如不停晃荡的钟摆。

那一定是精灵人偶的伙伴独角兽，一定是这样。啊，没想到踏破铁鞋无觅处，得来全不费工夫。不对，等等，别急，该不会是他一时兴奋看花眼了吧，得仔细确认一番才行。

德鲁推开白色店门，飞奔而入。他一股脑掀开那些堆积如山的废弃物品，总算来到独角兽面前。

独角兽有点脏，原本雪白的皮毛基本变成灰色，金色的尾巴和鬃毛缠在一块儿，然而那只长长的兽角依旧呈现醒目的蓝色。

德鲁颤抖地拿着精灵人偶，慢慢凑近独角兽。接下来，会发生什么事呢？精灵人偶会开口唱歌吗？与阔别已久的伙伴重逢，它大约会开心地放声高歌吧？然后一定会骑在独角兽的脊背上，让独角兽载着自己无拘无束地奔跑。

德鲁刚想将精灵人偶放在独角兽的背上试一试，耳边传来一道声音："欢迎光临。"

德鲁回过头，只见身后站着一名年轻男子。男子比德鲁高大许多，神情沉稳，看起来颇有教养。他的装束格外老派，就外表而言，找不出丝毫令人不快的地方。无论是鼻梁上架着的银质细框眼镜，还是口袋里漫不经心露出的怀表的金色表链，抑或脖子上的橄榄色领巾，无不彰显出主人优雅的品位。

此外，男子身边还伴着一只橘色的大猫。它身穿饰着银线刺绣的黑色背心，脖子上系着蝴蝶结，用后足支撑起身体，像人类一样站在那里。与德鲁四目相对的瞬间，猫咪礼貌地对他行了一礼。

眼看德鲁大吃一惊，男子开口道："这位客人……啊，您似乎并非为寄存物品而来，看上去更像在急切地寻找想要的东西，我猜得没错吧？"

这家伙怎么回事，居然能够看穿我的心思？

德鲁感觉不大痛快，却仍旧点了点头。

"啊，对，我想问问这只独角兽。说起来，我家孩子特别喜欢独角兽，哪怕是这种又脏又破的独角兽布偶，他见了也准会欢天喜地……这只布偶多少钱来着？"

德鲁看向男子，目光狡诈而阴险，似乎在说，如果可以，请尽量低价出售。这男子果然不识货，竟然将独角兽布偶和这些破铜烂铁放在一块儿。花十枚铜币买下它应该不成问题吧。

谁知，男子的回答出乎德鲁的意料。

"本店不接受现金交易。购买任何物品，客人均需支付自己的时间。"

"时间？"

"是的。所谓时间，指的是客人自己所持有的时间，也就是寿命。"

"……开玩笑的吧？"

男子没有回答，一言不发地看着德鲁，镜片后的眸子闪烁着琥珀色的光芒。

德鲁突然明白过来，啊，原来如此，竟是这么回事。

"你……你是魔法使，对吧？"

"我叫十年屋。"

"可恶！居然把我骗到这种地方来，还想夺取我的寿……寿命！我……我才不会让你得逞！你别过来，我可是随身带着刀的！不只如此，我还是拥有上百个小弟的黑社会头头！"

"请冷静。"

十年屋无奈地说道。

"您似乎误会了什么。本店绝不会在未经客人允许的情况下，非法夺取客人的寿命。它只是一种支付方式，至于支付与否、购买与否，最终仍由客人自己决定。"

"……那我问你，如果买下这东西，大概需要支付多少寿命？"

"两年。"

"两……两年?！"

这一次，德鲁终于失声尖叫。

"开什么玩笑！就凭这只破破烂烂的布偶，谁愿意付给你两年寿命！胡说八道也要有个限度！"

面对狂吼出声的德鲁，十年屋侧了侧身，转头向他示意道："话虽如此，这里的所有物品对它们的主人而言，都曾是无可取代的宝物。因此，一切皆需等价交换。这位客人，您只有两个选择，要么支付两年的寿命买下布偶，要么什么也不买，请回吧。"

"受不了，谁稀罕买它啊！"

德鲁口中骂骂咧咧，愤怒地走出店铺。

他简直气得头顶冒烟，好不容易找到那只独角兽布偶，结果竟被藏在魔法使的店铺里作为商品出售。支付寿命？还能更荒唐点吗？别说两年，哪怕一分钟，也别指望我会给出去。我的寿命是完全属于我的，一分一秒都不能送给别人。

然而，刚走出店铺，德鲁便心中一惊。仔细想想，自己这条小命目前可是握在戈拉夫人手里，要是不乖乖将独角兽布偶献给她，自己会被她如何处置？大概一个月后，德鲁就会变成一具死尸，漂浮在污浊的河面上。

相比之下，支付给魔法使的两年寿命虽然浪费，却比丢掉性命划算多了。对，没错，那样做无疑划算许多。

想清楚这一点，德鲁打算返回店铺。他转过身，随即大惊失色。眼前只有泛着湿气的墙壁，那扇店门、那间店铺早已消失不见。他看向四周，发现雾霭已经消散，这里是散发着恶臭的都市后巷。

糟糕，德鲁悔恨得直跺脚。

来之不易的机会就这样从自己手中溜走了。想要重返魔法使的店铺，绝不是一件简单的事。要是方才再冷静考虑一下就好了。唉，为什么我就这么不走运呢？无论是揣着那只人偶去找戈拉夫人，还是拒绝魔法使的提议，都显得自己愚蠢至极。

"……不对，等等。"

德鲁猛然清醒过来。

不管怎么说，眼下他总算明白那只独角兽布偶就在魔法使的店铺里，相比漫无目的地寻找，他已经轻松许多。虽说这会儿那店铺消失了踪迹，但它肯定就藏在这条后巷中的某个地方。只要自己坚持不懈地寻找，一定能够发现通往店铺的道路。

"很好，接下来，我也只⋯⋯只能硬着头皮上了！"

从那天开始，德鲁便在后巷里转来转去，哪怕磨破脚跟，也要将魔法使的店铺找出来。

然而，数日过去，他连一丝线索也没发现。德鲁精疲力竭，眼里布满血丝，夜里总是噩梦连连，每一次戈拉夫人都会出现在梦里，导致他根本无法安眠。

白日里，看见德鲁衣衫褴褛、狼狈落魄的模样，后巷里的混混纷纷嘲笑。

"那家伙似乎同戈拉夫人做了笔交易。"

"原来如此，难怪变成这副模样，真是凄惨。"

"估计他也活不了几天了吧。"

德鲁对周遭的戏谑声充耳不闻，一边思索着独角兽布偶与十年屋的店铺，一边继续在后巷里徘徊。那时候，得益于他的拼命祈祷——希望找到独角兽布偶，他才会误打误撞地抵达魔法使的店铺。这会儿，他不得不在心里更加强烈地祈祷。

啊啊，我想回到魔法使的店铺。要是能够重返店铺，我愿意支付寿命，绝无犹豫。神明保佑，请再给我一次机会吧。

然而，德鲁的心愿落了空，时间便这样一天天流逝。

这日，距离他与戈拉夫人约定的交货日期还有四天。最近，德鲁的精神已经濒临崩溃，一想到戈拉夫人会用长长的指甲在他的脖子上慢慢挠出血痕，他便害怕得坐立不安。

德鲁忽然察觉到另一点。

自己为什么要在这座都市浪费时间呢？离开魔法使的店铺时，他应该直接逃走才对。嗯，还有四天时间，他得抓紧时机远走高飞，逃得无影无踪，逃到戈拉夫人的恐怖下属无法找到的地方。

德鲁神色慌张地逃离了都市。他决定一路往西，避开人群、城镇与村庄。由于早已身无分文，他只好去偷田里的蔬菜水果，一边啃着一边继续逃亡。

三天的时间过去了。

德鲁打算在树林中小憩一会儿。事实上，此时一分一秒都无比珍贵，可他脚掌红肿，不得不停下来休息。

就在这时，不远处的树丛间传来窸窸窣窣的声响。

德鲁像受惊的野兽般蹲下身，缩成一团。

追兵？会是追兵吗？

德鲁强忍惧意，悄悄爬向一丛灌木，透过缝隙打量对面。忽然，他吃惊地睁大眼睛。

出现在眼前的，竟是一只橘色的大猫。它用一双后足支撑着身体，穿着黑色的天鹅绒背心。

是魔法使店铺里的那只猫咪！他绝没有看错！

猫咪挽着一只篮子，正在采集黑莓。待篮子里装满黑莓，它便心情愉悦地哼着歌，朝树林深处走去。

德鲁自然不会放过跟踪猫咪的大好机会。只要跟着它，自己应该能够重返魔法使的店铺。看来命运之神尚未完全放弃我，德鲁眼睛一亮。

这时，猫咪在一株茂盛的大树下停住脚步。树干上有个巨大的洞，犹如通往某处的入口，神奇的是，洞口里面是一片影影绰绰的城镇风光。他看见了那条弥漫着灰色雾霭的街巷，想必魔法使的店铺便静静地坐落其间。

猫咪走进树洞，背影立刻融入雾霭之中，与此同时，树洞里的景色缓缓摇曳，宛如水面泛起圈圈涟漪，城镇街景渐渐变得模糊不清。

魔法快消失了！

德鲁毫不迟疑地跳进树洞，千钧一发之际，总算踏上城镇的石板路。他回头一看，入口处的树洞，已经连同身后广袤的树林消失了踪迹。

太好了，总算想办法回到了这里。那只猫咪跑哪儿去了？

德鲁漫无目的地在雾霭沉沉的街市中徘徊，四周寂然无声。

看样子是跟丢了，他正打算放弃，不料透过浓雾，隐约看见那抹橘色的背影拐进了一旁的小巷。德鲁紧随其后，没有发出一点声音，不一会儿，终于看见那家熟悉的店铺。

猫咪打开白色的店门，走进店铺。随着啪嗒一声传来，店门再次被关上。

德鲁蹑手蹑脚地走上前去，像只壁虎似的趴在窗户上打量店里的情形。屋子里光线昏暗，今日似乎没有营业。他仔细一瞧，果然看见了那只独角兽布偶。

好极了，它还在。

德鲁稍稍松了口气，没多久，脑子里便接连闪过无数邪恶的念头。

值得庆幸的是，那只布偶就放在门边。要不自己干脆找机会冲进去，一把抢过布偶就跑？如此一来，自己便不用支付寿命。反正眼下，他也没瞧见魔法使的身影，或许店里只有那只猫咪？好，就这么办，去把布偶偷到手吧。

德鲁吸了一口气，打开店门，打算走进店铺。他动作极轻，没想到门刚打开，挂在门后的铃铛便发出清脆的声响。

德鲁心道不妙，然而事已至此，断然没有后退的道理。德鲁踩着满地破旧的物品，偷偷拾起独角兽布偶。

恰在此时，里间的猫咪听到声响，飞快地赶来。它看见德鲁，不由得吃了一惊，眼睛瞪得圆圆的，随后立刻认出他来。猫咪吓得竖起尾巴，浑身的毛旋即炸开，它一个箭步冲上前来，伸出前爪，在德鲁的大腿上狠狠一挠。

德鲁吃痛地闷哼一声。

"可恶！放开我！"

"不可以！不可以偷取店里的东西！"

"闭嘴！你这只肥猫！"

刹那间，一人一猫扭打作一团。

　　猫咪出人意料地顽强，坚决不肯松口，于是，德鲁的腿上、手上、脸上都挂了彩。然而，到底体格有异，德鲁终于揪住猫咪的后颈，用力扯下咬住自己的猫咪，顺势将它狠狠地往后扔去。

　　"住……住手！别跑，你这个小偷！"

　　德鲁全然不顾猫咪的呼叫，抓起独角兽布偶，打开了店门。此时，他无比庆幸店门上施加了魔法。凭借魔法，德鲁眨眼间便回到方才的树林。

　　德鲁喘着粗气，不由得笑了起来。

　　怎么样，看你这会儿还有没有力气追过来。活该。

　　然而，在瞥见独角兽布偶的瞬间，他的笑意僵在了唇边。

　　独角兽的那只呈现茜茜之蓝的美丽兽角，不见了。

　　德鲁脸色铁青，慌忙四下寻找，可惜哪里都没看到兽角的影子。或许是方才他同猫咪扭打成一团的时候不小心折断的。也就是说，此刻那只兽角一定滚到店里某个角落去了。

　　怎么会这样？德鲁气恼地挠了挠头。

　　没有兽角的独角兽和一匹马有什么分别？要是看到

它，戈拉夫人不知会有多愤怒。不对，等一等，自己完全可以对戈拉夫人说，这只独角兽布偶原本就缺失了兽角，最重要的是，精灵依然能够唱歌，独角兽仍旧可以飞翔。只要满足这两个条件，戈拉夫人应该不会追究他的责任吧？冷静下来，不要紧，只要将人偶和布偶交给戈拉夫人，自己的小命一定可以保住，顺道赚取一笔不菲的佣金。

可是，独角兽的兽角终究不见了，也就是说，这只布偶已被损坏。

坏掉的布偶还能动吗？想到这里，德鲁打算将精灵人偶放在独角兽的背上试试。

他将手伸进怀里，打算取出精灵人偶，不料再次愣住。

不见了，不见了，那只一直被他藏在怀里的精灵人偶，竟然消失了。

德鲁脸色大变，翻遍整个树林，依然没找到精灵人偶。难道落在了魔法使的店铺里？说起来，那只猫扑上来的时候，他的确感觉有什么东西从怀里滚落，莫非是那只人偶？

　　想到这里，德鲁的心几乎裂成碎片。

　　从嗓子里挤出几声破碎的呐喊，德鲁扔下手中的独角兽布偶，慌不择路地逃之夭夭。

6

改变天气的魔法使

魔法街。这条不可思议的小巷里商铺林立，魔法使们纷纷选择在此开店。

这里距离普通人生活的市镇并不遥远，常年漂浮着沉沉雾霭。

不过，这片雾霭只是某种障眼法，即为了不让被魔法召唤而来的客人误入其他店铺，魔法使们在街巷中特意制造出这种效果。事实上，这里并不缺少阳光，有时细雨霏霏，有时白雪皑皑。

这日天空晴朗，调色魔法使坦恩与他的使魔变色龙帕雷特起了个大早。窗外阳光耀眼，万里无云。轻风拂过脸庞，带来舒适柔和的触感，是个外出散步的绝佳天气。

坦恩迅速换好衣服，穿上了平日尤为喜爱的雨衣和长靴。这么做并非出于未雨绸缪的考量，单纯因为坦恩格外中意这身打扮而已。

他背着昨日准备好的帆布包，让帕雷特坐在自己肩上，来不及吃早饭便匆匆出门。

此行的目的地是十年屋。今天是他与十年屋、卡拉西，以及从头来过的魔法使鹤女士约好一块儿野餐的日子。

对即将年满八岁的坦恩而言，这无疑是他人生中的第一次野餐。他十分雀跃，以至昨晚激动得难以入眠。

坦恩步履轻快地走着，坐在他肩上的帕雷特开心地说："是个晴天呢，真好。"

"嗯……"

"希望咱们做的柠檬馅饼能合大家的口味。"

"嗯……"

"十年屋的老板与鹤女士说，他们也会带上许多好吃的，看来大家都很期待呢。也不知道待会儿咱们可以品尝哪些美味佳肴？上次从十年屋的老板那里分得的苹果派，实在太可口了，真希望能够再次尝尝。"

"嗯……"

与滔滔不绝的帕雷特相比，坦恩几乎算得上沉默寡言了。他戴着雨衣帽，始终埋着头，唇角却漾起一抹愉悦的笑。

走了大约五分钟，他们来到十年屋的店门口。坦恩正欲推开白色的店门，身后便追上来一位打扮奇异的老奶奶。

真的格外奇异。老奶奶留着粉色的波波头，鼻梁上架着厚厚的眼镜，宽檐帽子上别着各式各样的裁缝用具。她穿了一件缀满纽扣的连衣裙，脚上却踩着一双四轮溜冰鞋。最引人瞩目的，要数那只泰迪熊模样的帆布背包。这只浑身打满补丁、目光凶狠的"泰迪熊"，今日装得满满当当。

这位老奶奶便是从头来过的魔法使——鹤女士。

只听鹤女士精神抖擞地说道："早上好！"

"早上好，鹤女士。"

"早安……"

帕雷特语气明朗地同鹤女士打招呼，相比之下，坦恩则显得分外害羞。

"看样子你们也刚到不久。啊，今日天气晴朗，实在太好了。这时节呢，正好去蓬蓬原野观赏银笛草。"

"那可真令人期待！我从没去过蓬蓬原野，也没见过银笛草。坦恩和我一样哦。自从收到邀请，我俩一直盼望这天早早到来，对吧，坦恩？"

"嗯……"

坦恩低声回答，轻轻点了点头。

鹤女士无奈地笑道："你这小家伙还是一如既往地沉默寡言呢，作为搭档的帕雷特倒是格外能说会道。"

"我可算不得能说会道哦，只是代替坦恩回答罢了。"

说笑间，两人一龙推开十年屋的店门，走了进去。

"天哪，这里还是堆满了各种物品。十年屋的老板是不是不懂得收拾屋子？"

"大概吧。即便这样，他也声称自己费心整理过，我想是因为他这儿的东西实在太多了。喂，十年屋、小猫咪，你们起床了吗？"

店铺深处立刻传来应答声。

"听这说话的语气，是鹤女士吧？我们在里面，请进。"

从堆积如山的"破铜烂铁"后面，传来十年屋的声音。

闻言，大家朝着声音传来的方向走去。十年屋站在里间的柜台前，似乎正忙着将整套茶具与魔法瓶装进一只大篮子里。

"哎呀，原来不仅是鹤女士，坦恩与帕雷特也一块儿到了。早安。"

"早安，十年屋的老板。怎么，你还没准备好野餐要带的东西吗？"

"唉，说来惭愧。直到昨天为止，我都忙着跑医院，完全忘了准备野餐用具。"

"医院？你哪里不舒服吗？"

"不，不是我。"

这时，执事猫卡拉西从里面的房间走了出来。它一只爪子拎着一只大包裹，另一只爪子却缠着绷带，看起来似乎很疼。

坦恩、帕雷特与鹤女士皆大吃一惊。尤其鹤女士，她最是疼爱卡拉西，见此情形，惊慌失措地叫出声来：

"怎……怎么回事？小猫咪，做饭时切到爪子了吗？"

"不，这伤大约是荣誉的勋章。"

"勋章？"

"是的。前些天，卡拉西与小偷大战了一场。"

说到这里，卡拉西骄傲地挺了挺胸脯。然而，十年屋却一脸苦涩。

"事实上，三日前店里遭了小偷。刚好我又不在，才导致卡拉西受了伤。"

"卡拉西很努力地守护店铺，和那小偷搏斗了好长时间。"

"嘿，真厉害。那么，抓住小偷了吗？"

帕雷特的询问让卡拉西沮丧地低下了头。

"没有……让他逃走了……而且，店里的物品也被偷走了。"

"这种小事，根本不用放在心上，我不是已经说过很多次了吗？"

眼看卡拉西情绪低落，胡须也无精打采地垂着，十年屋急忙出言安慰。

"听好了，卡拉西。你这样用心地守护店铺，我实在感到欣慰，可是下次不要再做这样危险的事了。对我而言，只要卡拉西健健康康的，就比任何事情都值得开心。明白吗？"

"……遵命。"

"乖，听话。"

十年屋温柔地抚摸着卡拉西的脑袋。

即便如此，鹤女士依旧满脸担忧。

"伤得严重吗？既然昨天还在跑医院，该不会骨折了吧？"

"没有，只是扭伤而已，已经不怎么疼了。所以不影响我制作三明治，今日也能和大家一块儿去野餐。"

说着，卡拉西将包裹递给十年屋。十年屋把它放进篮子里，然后啪的一声，合上盖子。

"很好。便当也放进去了，一切准备就绪。让大家久等了。我们出发吧。"

"走喽走喽！"

鹤女士一马当先，嗒嗒嗒地跑向店门。坦恩与帕雷特紧随其后，最后走出店铺的是十年屋与卡拉西。

然而……

十年屋锁上店门的刹那，万里晴空忽然乌云密布，很快下起了倾盆大雨。

率先跑到小巷里的鹤女士与坦恩他们，被这突如其

来的大雨淋成了落汤鸡。

"天哪！"

"怎么忽然下雨了？"

"鹤女士，坦恩，快回店里来。"

就这样，大家再次争先恐后地跑回了店铺。

"唉，真是服了！想不到才眨眼的工夫就浑身湿透。怎么会忽然下起雨了呀！"

"太过分了，真是的！啊啊，吓死我了。"

鹤女士与帕雷特埋怨不已。或许真的受到不小的惊吓，帕雷特的体色由翡翠一口气变作水蓝。

这时，始终沉默不语的坦恩忽然低声道："帕雷特……"

"嗯？怎么了，坦恩？"

"快看……"

不止帕雷特，众人闻言，纷纷朝坦恩所指的方向望去。屋外早已不见乌云的踪迹，太阳挂在湛蓝的天际，绽放出璀璨的光芒。天空依旧晴朗，方才的大雨仿佛一场幻象。

连鹤女士也被眼前的景象惊得目瞪口呆。

"我的天哪，这是怎么回事？"

"我也不明白。喂，坦恩，我总觉得有点可怕。"

"嗯……"

然而，十年屋与卡拉西的模样却透着古怪，神情似乎有些惊讶，又有些不安，还有些失望。

"主人，这是……"

"嗯，一定没错。是那孩子的恶作剧。"

"……也不必偏偏选在今天吧。那孩子真是坏心眼。"

主仆俩的对话，被耳尖的帕雷特一字不落地听了去。

"老板，这话什么意思？你对刚才的怪天气有什么头绪吗？"

"……嗯，的确如此。我搞砸了一件事。"

"搞砸了一件事？"

"此前，我们拜托过天气魔法使。"

十年屋叹了口气，向大家娓娓道来。

那是发生在一周之前的事。那日，天空也如方才般下起了瓢泼大雨。

十年屋与执事猫卡拉西坐在窗边，一筹莫展地望着

天空。

"……这雨，看起来是不会停了。"

"唉，是啊。照这样下去，或许会下一整天吧。"

闻言，卡拉西叹了口气："……怎么偏偏挑在咱们打算出门的时候下雨。"

这天适逢每月一次卡拉西跟随十年屋外出逛街的日子。往常的此时，主仆二人习惯逛逛附近的市场、商店街，购买一些平日里舍不得入手的奢侈品，接着在环境优雅的餐厅享用佳肴。为了今天，一个月来，十年屋与卡拉西各自将零花钱一点点存起来，不料尚未出门便遭遇这样一场大雨，令人意兴阑珊。

没有办法，十年屋对卡拉西道："看来只好改为明天逛街了。"

"怎么能改为明天呢！"

卡拉西满脸不悦地回答。通常而言，猫咪是性情倔强的小动物。此时，因为突如其来的大雨导致无法外出，满心期待落了空，卡拉西自然有些焦躁不安。

"那你打算撑着伞逛街吗？不过雨势这么大，撑伞完全没用呢。"

"才不要。卡拉西讨厌浑身湿淋淋的。"

"这也不行，那也不要，真是拿你没办法。"

"……"

卡拉西不再说话，干脆转过身，缩成小小的一团，大声叫道："没意思透了！"

看着它气鼓鼓的背影，十年屋无奈地在心里做下一个决定。

"我明白了。那么，咱们召唤天气魔法使吧。"

"天气魔法使？"

对卡拉西来说，这个称呼闻所未闻，它急忙转头看向十年屋。

"那是谁？也是魔法使吗？"

"是的……不过一般情况下，我不大愿意找她。"

十年屋轻声嘟囔着，从储物架上取下那个通信用的银色骷髅，将脸凑近眼窝处的钻石，在脑海中描摹联系人的模样。

不一会儿，钻石散发出耀眼的光芒，咔哒咔哒，骷髅的牙齿发出震颤的声响，说话声从里面传来。

"喂，喂，请问找谁？"

是一道略显沙哑的女声。

"啊，您好。我是十年屋。好久不见，打扰了。这边希望借用一下您的魔法，不知可否来店里一趟？"

"当然可以。我这就出发去你店里，等等我。"

女孩愉悦的嗓音顷刻消失，整个骷髅再次寂然无声。

十年屋看向卡拉西。

"说是马上就来。"

"天气魔法使？"

"没错，就是刚才同我说话的那位。"

"……她说话的方式好奇怪。"

"本人更奇怪哦。"

正如十年屋所说，赶来店铺的姑娘是一位模样十分奇特的魔法使。

她外表约十三岁，身材纤瘦高挑，眉眼细细，眼梢上扬，唇角噙着微笑。她的脸颊上有细密的雀斑，皮肤很白皙，头发乌黑柔顺。

她穿着黑色连衣裙，裙子上绣着银色的蛛网图案，脚上则是一双黑色厚底靴。层叠的裙摆仿佛轻盈纷飞的花瓣。透过裙摆，能够看见姑娘腿上黑金相间的条纹长

筒袜。

她的脖子上同时戴着好几串项链，由色彩各异的玻璃珠制成，每颗珠子和糖球差不多大，闪烁着晶莹耀眼的光泽。

并且，这姑娘头上戴着一个饰有狐狸大耳的黄色发箍，使得整张脸看起来越发狡黠如狐。

她收拢手中的黑色褶皱花边洋伞，微微一笑。

"好久不见，十年屋先生。一直不曾接到你的召唤，我感觉非常孤单。"

"恕我失礼。不久之前，我也着实被您捉弄了一番。"

"嘻嘻嘻！那可太好了。"

姑娘展颜一笑，旋即瞥向卡拉西。

"嘿，上次我来时，不曾见过这么可爱的猫咪。它是谁？"

"我叫卡……卡拉西，是店里的执事猫。"

"原来如此。我叫碧碧，是一名天气魔法使，请多关照。"

"请……请多关照。"

面对笑意盈盈的碧碧，卡拉西不由自主地后退一步，总觉得对这姑娘不能掉以轻心。

碧碧重新看向十年屋。

"那么，你把我叫过来，是想让我改变今日的天气？"

"没错。请您想想办法，让这雨停下来吧。"

"你希望是晴天还是阴天？还可以改为下雪或落冰雹哦。"

"请让天空放晴。"

"如你所愿。"

说着，碧碧不知从哪儿取出一只大大的沙漏。虽说是沙漏，里面却空空如也，不见一粒沙子。

碧碧把沙漏交给十年屋，唱起了歌谣：

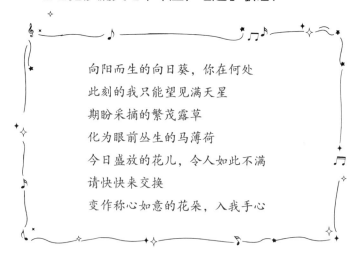

向阳而生的向日葵，你在何处
此刻的我只能望见满天星
期盼采摘的繁茂露草
化为眼前丛生的马薄荷
今日盛放的花儿，令人如此不满
请快快来交换
变作称心如意的花朵，入我手心

随着碧碧高亢的歌声，十年屋手中沙漏上方的那颗玻璃球渐渐凝聚起光束，渐渐地，光束变作灰色的云朵，云朵变作骤降的雨滴。

沙漏中，正在下雨。

卡拉西屏息凝神，注视着这不可思议的情景。

过了一会儿，沙漏下方的玻璃球里出现一轮小小的太阳。它的光辉比崭新的金币还耀眼，还明亮。

碧碧递了个眼色，十年屋会意，灵巧地将沙漏翻转过来。此刻，盛有雨云的玻璃球在下，盛有太阳的玻璃球在上。

"这样应该差不多了。"

碧碧唱完歌，迅速从十年屋手中抢过沙漏收了起来，谁也没注意那只沙漏被她藏去了哪里。

"我已经将今日的天气与属于十年屋先生未来某日的天气互换过了。也就是说，那天会如今日一样下起倾盆大雨。你听懂了吗？"

"明白了。请问，所谓的未来某日，也是由您亲自决定的吧……如果可以，还请手下留情，选择一个不会给大家造成麻烦的日子。"

"这个可没法答应你。毕竟，我的乐趣就是观赏他人为难的模样。"

看着笑容满面的天气魔法使，十年屋无奈地说道："好吧，总之十分感谢。另外，可以用我的魔法支付酬劳吗？还是说，您想从店里挑一件东西带走？"

"你的魔法就行。"

"那么，我该给哪件物事施加魔法呢？"

"这个。"碧碧指着自己脚上的黑色厚底靴道。这双靴子是纯黑色的，鞋跟厚实，外观潇洒不羁，配有银色的鞋带，若仔细看去，会发现带子上装饰着同色的星形铆钉。

"这双鞋是我最近买的。我很喜欢它，穿在脚上感觉格外舒适，款式也可爱。希望你为它施加魔法。倘若接下来的十年间，它始终是崭新的，我会非常开心呢。"

"您的要求确已收到。那么，就按您说的办。"

说完，十年屋从衣兜里掏出细长的麦秆，对着麦秆一端呼地吹了口气，眨眼的工夫，麦秆另一端便飘出一个彩虹色的肥皂泡。

待肥皂泡靠近碧碧的长靴，十年屋呢喃般轻声歌唱起来：

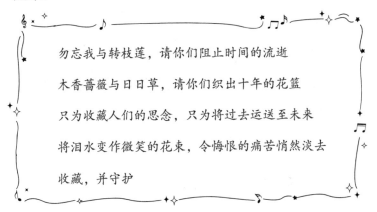

勿忘我与转枝莲，请你们阻止时间的流逝

木香蔷薇与日日草，请你们织出十年的花篮

只为收藏人们的思念，只为将过去运送至未来

将泪水变作微笑的花束，令悔恨的痛苦悄然淡去

收藏，并守护

　　肥皂泡轻轻撞上长靴，并未破裂，而是无声地消融其间。

　　"结束了？"

　　"没错。已经为它施加了十年魔法。这十年间，它不会遭到任何损伤。"

　　"啊，太棒了！谢谢。"

　　碧碧欢欣雀跃地喊着，一个箭步冲上去，紧紧抱住十年屋。

　　"那么，我便告辞了。要是今后还想改变天气，可以随时叫我。"

　　天气魔法使蹦蹦跳跳地离开了。

十年屋叹息着转过身，看向卡拉西。

"我们这便出发吧，卡拉西。"

"可……可是，主人，外面还在下雨。"

说完，卡拉西指了指窗外。果然，透过玻璃窗，依然能够瞧见豆大的雨滴从天而降。

"你瞧，这雨和刚才一样大，完全没有停歇的意思……天气魔法使的魔法似乎并未奏效。"

然而，十年屋胸有成竹地对卡拉西说不要紧的。

"碧碧姑娘的魔法绝对货真价实。好了，快去收拾收拾准备出发。没问题，今天啊，迎接我们的一定是个大晴天。"

一如十年屋所言，当他与卡拉西走出店铺，雨便立刻停了。

卡拉西不由自主地惊呼出声："好……好厉害！真的放晴了！"

"对吧。碧碧姑娘运用魔法，将今日的大雨与未来某天的天气交换了。接下来的问题只在于，那场倾盆大雨会在哪天回来……算了，暂时不想这个。总之，今天让我们好好放松一下吧。首先去哪里好呢？"

"我想去市场看看！逛一逛鱼铺，顺道买些火腿！"

"我就去绅士服装店瞧瞧新衬衫吧。这回得多花点钱，买一件真丝衬衫。"

"还有，餐厅！我想在森之子鹿亭吃午餐！"

"你想点那道鸡肉料理？就是撒了许多芝士与胡椒焗烤而成的那个？"

"就是那个！主人想吃什么？"

"我肯定是点炖牛肉嘛。那家店的牛肉炖得香浓滑嫩、入口即化，滋味可是一绝呢。"

主仆俩有说有笑地讨论着，步履轻快地向市场走去。

"……事情经过大致便是这样。因此我想，今日的大雨肯定是此前我们拜托碧碧姑娘替换掉的那场。"

十年屋目光歉疚地看着鹤女士与坦恩。

坦恩神色间带着些许同情，鹤女士却微微恼怒，毫不客气地训斥十年屋："你可真是个傻瓜，拜托谁不好，偏偏拜托天气魔法使。那丫头脾气瞬息万变，喜好恶作剧，在魔法使中是出了名的。关于这点，你不也知道吗？"

"的确知道。因为之前便曾拜托过她一回，结果吃了好大的苦头。"

"吃了好大的苦头是指什么，十年屋的老板？"

"……我大伯举行银婚典礼那天，刮起了暴风雨。我想，这么喜庆的日子怎么能刮暴风雨呢，于是拜托了天气魔法使。多亏有她的魔法相助，当天晴空万里，典礼也如期举行。可是，说起碧碧姑娘啊，还真是……她竟然在一年后我外出旅行的某日，召回了那场暴风雨。原本我格外期待那场旅行，打算四处游览一番，为此也做了详尽的计划，结果却被绊在酒店里，一步也出不去……"

"既然已有前车之鉴，干吗还要拜托她呀？"

"总而言之，我很惭愧。"十年屋心虚地笑了笑。

"今日的野餐，我与卡拉西便不去了。如果只是鹤女士你们的话，相信天空很快便会放晴。"

听到这话，向来沉默寡言的坦恩差点脱口而出一句"那可不行"。

不过，在他开口之前，鹤女士已抢先一步，无奈地说道："我说你啊，真的是很笨，根本不懂野餐为何物。听好了，野餐呢，最重要的是大家聚在一块儿，开开心心地吃便当。只要满足这一点，在什么地方野餐都没关系。比方说，你看，就在这里也可以嘛。"

鹤女士的话让大家愣住了。

接下来的十分钟里，大家忙着收拾东西，将碍事的家具、杂物等挪开，移开堆积如山的书籍和鞋子，争取腾出空间。渐渐地，原本只容一人通过的缝隙变得越来越宽，最终有了足够的空间供大家"野餐"。

在地面铺好野餐布后，大家脱掉鞋子围坐一团，纷纷拿出自己准备的便当、料理。气氛其乐融融，看起来如同真正的野餐。

这略显奇特的野餐方式为大家带来无与伦比的乐趣。像这样坐在地板上，仰望店铺里的各种商品，感觉与平日里截然不同。

"这不是很棒吗？简直就像闯入洞窟寻宝的探险家一样。"

说话间，鹤女士津津有味地品尝着卡拉西亲手制作的烟熏鸡肉与芝士三明治。十年屋很喜欢坦恩带来的柠檬馅饼。至于坦恩、帕雷特和卡拉西，则双眼放光地盯着鹤女士特制的松软鸡蛋料理。

　　吃着吃着，坦恩忽然想起什么似的，轻轻戳了戳帕雷特。帕雷特立刻会意地说道："明白了，你是说那东西吧？对了，鹤女士，坦恩有件事想要拜托您。"

　　"拜托我？"

　　"嗯。两日前，我们去树林里摘黑莓，就是以前卡拉西告诉我们的那片林子。想不到，我们在林子里发现了一只布偶。虽说看起来很脏，但坦恩对它格外在意，不愿意让布偶就这么破破烂烂的。因此，不知鹤女士有没有办法，把它重新变作别的什么好看的玩意儿？"

　　"那布偶长什么样？让我瞧瞧。"

　　闻言，坦恩从帆布背包里拿出那只布偶。诚如帕雷特所言，这只布偶浑身沾满泥土和草叶，肮脏不堪。

　　"天哪，真的好脏。而且这家伙是什么，马……吗？"鹤女士疑惑地问道。

　　"咦，这布偶看起来挺眼熟的。"十年屋道。

　　两人喃喃自语着，就在这时，不知从何处飘来一道若有若无的歌声。

　　"这歌声是怎么回事？十年屋，莫非你还饲养了一只金丝雀？"

"没有哦。这声音是……啊，原来是这个。"

十年屋在柜台下一阵摸索，终于掏出一只人偶。这是一只精灵人偶，拥有蓝色的头发与剔透的翅膀，看起来有些破旧。尽管脑袋和翅膀残缺不全，然而人偶仍在歌唱。

鹤女士惊讶地高声喊道："这可太令人吃惊了。瞧这发色……是茜茜·塔恩特的作品呢。你打算怎么处理？"

"这是之前的小偷遗失的东西。应该是他和卡拉西争抢缠斗的时候，不小心落下的。其实，我曾考虑利用它来诅咒那个小偷。"

"诅咒，亏你说得出这种骇人听闻的话。"

"这是他应得的，不是吗？是他让卡拉西受伤的。我容许他在我店里偷东西，却绝不容许他伤害卡拉西。"

此刻的十年屋神情有些狰狞，吓得帕雷特瑟瑟发抖，吱吱叫个不停。

"那么，你下诅咒了没？"

"没有，看起来……这只人偶并非那男人的东西。要是下了诅咒，会让它真正的主人遭受牵连，为此我只好放弃了。"

"那就好。"

鹤女士点点头道。

"即便没有被下诅咒，那家伙也不会有好下场的……话说回来，怎么人偶忽然唱起歌来了呢？难道其中设有什么机关？"

"……鹤女士，我想，原因会不会出在那只布偶身上？"

"嗯？坦恩，把你手上那只布偶借我瞧瞧。"

"好的……"

鹤女士接过坦恩递来的布偶，将它凑到精灵人偶面前，刹那间，精灵的歌声变得更加嘹亮，充满欢喜。

"原来如此。"

"您瞧出什么来了？"

"嗯。依我猜测，这只精灵人偶和这只布偶是一对老朋友……对吧，你们已经分开了很长时间，如今终于重逢了。很好很好，我会让你俩一块儿焕然一新，从今往后再也不分开了。十年屋、坦恩，你们同意将人偶和布偶交给我处理吗？"

听完鹤女士的话，十年屋表情略有些为难。

"虽然我很想答应，可这毕竟不是我的东西。"

"没关系。反正它是小偷落在你店里的，应该没什么吧？"

"我在意的其实是它真正的主人。看得出来，它的主人对它格外爱惜……我想，这会儿它的主人大约正急着四处寻找它吧。"

"没错。假如将它做成别的物品，它就再也见不到自己的主人了。如此一来，它的主人岂不是很可怜吗？"卡拉西担心地说道。

听到这里，鹤女士冲卡拉西眨了眨眼。

"不要紧的。凡是得到主人爱惜的物品，上面都留有它与主人之间的牵绊。即便被我做成崭新的东西，那种牵绊也不会消失……总有一天，由这只人偶重新做成的物品，会回到它的主人身边。"

"这是真的吗？"

"当然是真的。你怎么说，十年屋？愿意将这只人偶交给我吗？"

"好吧。"十年屋终于点头同意，"就交给鹤女士

您处理了。”

"谢啦。坦恩，你呢？愿意将这只布偶给我吗？"

"我也……没有意见……"

"好极了。那么，就让我立刻将它们改造成别的物品吧。"

鹤女士深吸一口气，开始为这对好朋友施加从头来过的魔法。

尾声

皮奈的心在默默流泪。

最近，她的运气简直糟糕透顶。

三天前，她不小心摔了一跤，擦破了膝盖。

昨天跟随父母去看牙医，打了很疼的一针，总算拔掉了蛀牙。还有今天，原本她和小伙伴约好一起玩的，却不得不为父母跑腿买东西，心情非常低落。

皮奈挽着购物篮，有气无力地走在街上。

事实上，她感觉自己已被厄运纠缠了好长一段时间。早在一个月前，一个陌生的叔叔将她骗得团团转，这事儿后来变成她心底的一道伤口，至今未曾愈合。

那日，皮奈在公园独自玩过家家。陌生叔叔突然走上前来告诉她，她家着火了。皮奈惊慌地赶回家中，却发现一切安然无恙。

这是怎么回事？那个叔叔为什么要骗她？

皮奈百思不得其解地走回公园，发现人偶少了一只。而且，少的还是那只背上长着翅膀、拥有一头醒目蓝发的精灵人偶缇丽。要知道，那只人偶是外婆送给她的礼物，一直以来都深得她的喜爱。

皮奈懊恼地跺了跺脚，心想，人偶一定是被那个叔叔偷走的。

一连几日，她在镇上四处寻找，希望找到那个叔叔。可惜叔叔和缇丽再也没有出现。

唉，也不知缇丽如今去了哪里？

皮奈深深地叹了口气，抄近路拐入通往市场的一条小巷，这时，她觉得口袋里似乎有什么东西。

掏出一看，皮奈不由得皱起眉头。原来是昨天从牙医那里得来的口香糖，而且是她最厌恶的薄荷味。除了让舌头变得凉飕飕的，它一点也不好吃。

我才不需要这玩意儿，也不想吃糖果或巧克力。我想要的，只有缇丽而已。

泪水夺眶而出，皮奈使劲地用手揉着眼睛。再次抬起头时，她被眼前的景象惊呆了，前方竟然飘来一团沉沉的白雾。

皮奈跌入浓雾之中，顷刻丧失了方向，也不知道自己究竟要走去哪里。

不一会儿，她终于看到一抹亮光。

她睁大眼睛仔细一瞧，那是一栋针线盒形状的房子。屋顶犹如一团大大的毛线球，门和窗做成纽扣的模样，外墙也布满纽扣。

真是一座奇妙的房子。那般小巧玲珑，莫名地令人感到愉快。

皮奈情不自禁地走上前去，瞥见窗边摆着一只小木盒。

或许里面装着宝石？盒子是用黑檀木做成的，外表打磨得十分光滑，采用螺钿工艺镶嵌着精灵与独角兽的图案。精灵的长发呈现美丽的青蓝色，浓密而柔顺。独角兽的兽角同样泛着青蓝的光泽，仿佛在告诉皮奈，它俩是一对心心相印的好朋友。

皮奈出神地凝视着小木盒，它一定很昂贵吧？自己这样的小孩绝对无力购买。可是，她很想要这只盒子。因为盒盖上的精灵与缇丽长得一模一样，独角兽也格外可爱。

眼前的小木盒令皮奈沉醉，她仿佛完全忘记了时间。

这时候，房门忽然打开，一位装束奇特的老奶奶从屋里走了出来。

皮奈从未见过如此不可思议的打扮。老奶奶的衣服上缀满纽扣，帽子上别着毛线球和剪刀。看到皮奈，老奶奶微微一笑。

"欢迎光临，小姑娘，没想到你竟来到了'从头来过的魔法屋'……嗯，小姑娘身上带着某件不太需要的物品吧？怎么样？用它换一件店里的东西如何？只要是我店里有的，都可以换哦，要不要试试看？"

皮奈大吃一惊，口袋里的口香糖的确没有任何用处，应该无法用来交换店里的商品才对。

然而，待皮奈掏出口香糖时，老奶奶的脸上毫无失望之色。相反，她开心地搓了搓手，说道："这玩意儿好。薄荷口香糖啊，嗯嗯，灵感来了。喂，把它送给我吧？小姑娘，作为交换，你可以从我店里任选一件东西带走。"

"……真的可以吗？"

"当然，我可没有开玩笑。来，请进吧，喜欢什么就挑什么。店里应该有不少你喜欢的小玩意儿。"

"不，不用了，我已经想好要哪件了。"

　　说完，皮奈伸出手，轻轻指向窗边那只漂亮的小木盒。